# 苹果花开

## 中国银行扶贫经济学笔记

中国银行定点扶贫工作领导小组 / 编著

作家出版社

**图书在版编目（CIP）数据**

苹果花开：中国银行扶贫经济学笔记 / 中国银行定点扶贫工作领导小组编著. -- 北京：作家出版社，2021. 8

ISBN 978-7-5212-1455-0

Ⅰ. ①苹… Ⅱ. ①中… Ⅲ. ①随笔 - 作品集 - 中国 - 当代 Ⅳ. ①I267.1

中国版本图书馆CIP数据核字（2021）第116786号

**苹果花开：中国银行扶贫经济学笔记**

**编　　著：** 中国银行定点扶贫工作领导小组
**责任编辑：** 兴　安　宋辰辰
**特约编辑：** 赵大新　刘　怡
**装帧设计：** 意匠文化 · 丁奔亮
**出版发行：** 作家出版社有限公司
**社　　址：** 北京农展馆南里10号　　**邮　　编：** 100125
**电话传真：** 86-10-65067186（发行中心及邮购部）
86-10-65004079（总编室）
E-mail:zuojia@zuojia.net.cn
http://www.zuojiachubanshe.com
**印　　刷：** 北京盛通印刷股份有限公司
**成品尺寸：** 152×230
**字　　数：** 120千
**印　　张：** 14.25
**版　　次：** 2021年8月第1版
**印　　次：** 2021年8月第1次印刷
ISBN　978-7-5212-1455-0
**定　　价：** 72. 00元

## 编委会

**主　编：**刘连舸

**副主编：**刘　金　张克秋　林景臻

**编委会成员：**马明俊　刘晓飞　张　晔

孙志扬　代　晋

**编　写：**王　蕾　赵春雨　方　傲

王剑峰　崔海涛　龚　辰

# 目 录

## 第一章　苹果里的经济学

## 第二章　金融活水浇灌苹果之花

# 序言：多视角分析中国脱贫攻坚的基本经验

中国银行的朋友要我为他们在扶贫工作中归纳出来的经济学思考的书作序。特借此作序之机，从中国特色社会主义出发，努力做些理论联系实际的创新思考。

## 一、关于陕西咸阳“北四县”农村贫困问题的归纳分析

为了践行理论联系实际的原则，本文先以中国银行承担帮扶任务的陕西省咸阳市“北四县”（当地人说北五县，是指咸阳市北部的长武县、彬县、旬邑县、淳化县和永寿县总称。其中属于中国银行帮扶的是永寿县、长武县、旬邑县、淳化县四个县）乡村发展为例，做个以经济理论为分析工具的点评。

其一，以“级差地租”理论解释上世纪八十年代的大面积

脱贫。

陕西咸阳早在上世纪八十年代后期设立过我所在单位直接协调的“农村改革试验区办公室”，我在原单位从事政策调研的15年期间多次去过，比较熟悉那里的情况。“北四县”以前的贫困，主要是处在黄土台塬地带，沟壑纵横、地表破碎、干旱少雨的“条件约束”造成广种薄收，对生态环境造成破坏构成恶性循环，实际上连传统农业维持简单再生产的“绝对地租”都难以形成。这种客观条件的“刚性约束”靠个体农户无力改变，只在上世纪七十年代农村集体经济为基础的“大兴农田水利基本建设”中有改变，由此形成了“级差地租Ⅰ”。随之是到八十年代初有了更大改变的机遇——农村改革让村集体和农民都有了调整村社经济结构的自主权——从陕甘宁青到山东半岛东端的山地，以及高原和山地四季分明冷凉气候比较适宜的“苹果带”都在全面改良品种、推广日本引进的“红富士”，使得这种品质好的苹果形成“卖方市场”；加之咸阳“北四县”地处气候干燥的“塬上”，易于农户土窑窖藏苹果到次年春季高价出售，这也使“北四县”的农村在改良苹果品种之后有半年以上的延长“卖方市场”销售收入。由此，这个把塬上过去“刚性约束”改变为“比较优势”的结构调整，不仅造成了“级差地租Ⅱ”，而且还因时制宜地直接与上世纪八十年代乡村经济大幅度“现金化”内生的“制度租”相辅相成，一度对“北四县”果区农村的大面积脱贫有很大促进作用。

诚然，这个演变过程与各地农村产业结构调整带来现金收入增加的情况类似，表明上世纪八十年代咸阳“北四县”农民增收具有全国意义的普遍性。也就是说，各地农村大都发生了此类普遍意义的现金增收。由此，才有国际社会对中国因农村改革而大面积脱贫予以积极评价。

其二，以“资本积累”分析九十年代到新世纪初的产业困境。

小农经济缺乏资本积累能力只能“轻资产经营”，因而难以具备扩大再生产要求的资本积累条件，这是发展中国家的普遍问题，一般意义地推进私有化和市场化，都没有在任何发展中国家形成全面减贫的成果。同理，中国的分户经营为基础的简单市场化也不可能缓解农户经济的“轻资产经营”缺乏资本积累能力的问题。“北四县”塬上苹果产业的“比较收益”，在粗放市场化条件下很快拉动了关中平原过去种植粮食作物的“水地”（灌溉条件好的平地）也改种苹果，并且在九十年代进入盛果期形成大规模量产；但因其品质差且不耐储存而客观上拉低了“北四县”优质苹果价格，何况山区交通不便，运输成本比平川高，遂造成“北四县”农民收入在上世纪九十年代相对低于平川。接着，到新世纪初，中国苹果产量增加到约占全球30—40%，客观上进入“生产过剩”、价格低迷的阶段，也因此压缩了处于优质苹果带的“北四县”农村脱贫的发展空间。

近年来，上世纪八十年代种下的苹果树大都到了更新期，致使已经现金化的个体农户大多面临两难局面：既不能承受新种果树最少三年期间无果无收益，又无力逆转老果树产量低造成收入下降的趋势，遂使“北四县”农村贫困局面难以根本改善。

其三，对应“北四县”以上问题的深化改革思路。

对于这种经济结构调整伴生的“现金化”却没有形成“资本积累”能力的分户经营生产方式，可以借力中央2017年确定的“农业供给侧改革”政策机会，推进“制度变迁”：由政府把反贫困和扶持果园更新改造的资金整合起来投入到村集体，作为替农户承担“重资产”风险但不参与分红的“公股”，以此吸引分散小农加入“三位一体”（党的十九届五中全会对三位一体的要求是指金融、购销、生产三方面）综合性的合作社，在社内既要开展支持包括更新果树在内的社员资金融通，又辅之以统一购销、统一技术服务等外部规模。亦即：只有发挥农民合作基础上的“村社理性”，才能改变小农分户经营的两难局面。与此同时，在党和政府推进的脱贫攻坚中，组织社会力量推进城乡融合+生态品牌+电商营销等。如此，既可巩固“北四县”优质苹果带的长期发展条件，又将形成“脱贫攻坚与乡村振兴有效衔接”的可持续基础。

## 二、关于中国特色脱贫攻坚的有关思考

中国在2020年取得脱贫攻坚决胜之后，确需总结经验、形成理论，但不是简单化地去证明照搬来的西方经济学理论逻辑，而要在实践中形成不断证伪作为依据的自觉思考。

历史地看，资本主义现代化过程的“原始积累”阶段就内生着制度性贫困（掠夺、奴役），而发展中国家的贫困本来就原生于殖民地被剥夺得太彻底，即使“解殖”，也还得继续承受殖民者留下的“单一经济”——被跨国公司控制产业链附加值而大多处在产业链底层的“第一产业”——无法支付反贫困需要的倍加“制度成本”。

而在当代金融资本全球化时代，制度性致贫的根源被隐蔽在美国带领西方相继、多轮推出的“量化宽松”“超级量化宽松”“无底线量化宽松”等虚拟化扩张之中，盘踞在金字塔顶端的金融资本集团及其把控的跨国公司攫取金融化收益的同时，制造过量流动性进入粮食、能源、原材料市场，造成生活必需品的恶性通胀，直接打击着弱势群体，造成贫富差别恶性分化……

对于此类制度性致贫，其实找不到国际上可以搬用的脱贫

经验，也没有依据成熟经验形成的反贫困理论。由此看，我们作为世界上唯一完成脱贫攻坚历史性任务的国家，确实应该坚持“理论联系实际”的比较研究方式，注意在反贫困的经验归纳和研究中纳入制度和文化的差异性分析。

任何研究中国反贫困经验的人，需要首先知道的是中国在不同发展阶段扶贫政策的宏观经济背景及与之相应的演变，否则，恐怕谈不上对客观经验做理论升华。为此，特对与反贫困有关的宏观与微观相结合的情况简要列出：

1. 上世纪八十年代中国反贫困对世界减贫的重大贡献举世公认。中央推出“休养生息”政策，同时提出扶贫开发与县域发展有机结合的“创造增长极”战略：把极度稀缺的扶贫资金集中投入到贫困县的中心城镇，配套打造产业、带动就业、创造税源。这意味着在资本稀缺压力下形成一般性的“亲资本”政策被赋予了“亲贫困”的内涵。尤其值得注意的是，这个中国特色扶贫政策在执行的同一时期，恰恰呼应了乡村工业化高潮——此时县以下工业增加值几乎占据半壁江山，乡村居民的非农收入普遍较大幅度增加。对此，值得关注和研究的，正是在国际社会颇为吸睛的所谓“本地化 localization（港台翻译成在地化）”——在上世纪八十年代“城乡二元结构”体制下的中国就是农村居民“离土不离乡、进厂不进城”。这种不同于西方经济学规范的、“非驴非马”的中国乡村工业化发展的客观结果，让很多西方经济学家赞叹：不仅乡镇企业和农村“城镇化（英文没有对应城镇化的词语，只能用中式英语townization）”同步拉动内需、带动城市经济复苏，使中国第一次出现了“内需拉动”为主的“科学发展”；而且，微观经济中的农业多种经营与宏观战略上的粮食安全竟然也同步实现。

这个时期，中国大规模减贫与所谓“TVE（Township and Village Enterprise）”虽然都成为海内外经济理论和政策界高度关注的热点，但那时候中国经济学者们大多尚在“仰视西方”，鲜见对中国特色的“逆周期”的宏观战略与“村社理性”微观机制相辅相成的乡村改革与发展经验做出经济学思想的本土创新。

2. 整个九十年代宏观经济波动此起彼伏。而此时的宏观政策与八十年代“内需拉动”的最大差别，在于偏重“顺周期”及加快融入全球化；对外经济依存度大幅度提高到约占七成，几乎是世界最高。九十年代中后期，在国家财政占GDP之比连续下降最低到不足12%的困难阶段，教育和医疗等公共领域被推进市场化，而同期乡镇企业大面积推行私有化连带发生大面积倒闭歇业，致使已经高达1.2亿非农就业的农村劳动力“农内失业”，只能靠背井离乡外出打工才能补足必须由农民个体支付的医疗教育等超过农业收入能力的“市场化”现金开支，何况还要支付约占亩均农业收入⅓的“税费负担”。

诚然，按照九十年代在国内已经占据主导地位的西方经济学的逻辑，只要产权清晰（私有化）、市场交换完全自由（自由化），就能够达到所谓“帕累托最优”。但，不论学术界如何认同自由市场制度、低首下心地跟从西方经济学理论，到上个世纪末，实际上不可能再现八十年代大规模减贫的现象。我在上世纪七十年代从涉世未深之时就信从西方经济学，到八十年代逐渐发现自己对西方理论有“惟书”问题，开始结合农村调研质疑，遂得以在试验研究和国际比较中最终形成研究中国特色的思想创新。

3. 最近5年的脱贫攻坚战略获得全胜，是历经长期奋斗取得的历史性成绩。我们以往的研究指出，一是改革前30年全社会资源和全部劳动力剩余主要用于国家工业化的原始积累，属于整个国民经济“去货币化”、全民低消费的制度体系。二是八十年代农村改革解放劳动力、促成乡土中国工业化为主、多业态的“在地化”发展，显著效果是使农民收入增加拉动了内需，也拉动了城市产业。从七十年代末危机、八十年代初萧条转为复苏和八十年代中期的高增长。客观上创造了农村大面积脱贫的中国经验。三是2001年以来国家战略突出强调“三农问题重中之重”，先后推出2005年的“新农村建设”和2006年取消农业税费，同时由中央财政加大农村基本建设和社会福利开支，2012年确立“生态文明战略”之后，又于2017年党的十九大提出“乡村振兴”重大战略。近年来，农村人口下降到约四成，但国家财政对三农的开支已经超过绝对比重。这些重大战略性决策，都使最近5年的“精准扶贫”成功，内在地依赖着“举国体制”的巨大力量。

综上，只有历史性地看待当代中国的扶贫经验，才能理解我们必须坚持“四个自信”的底蕴何在。中国银行作为“全球系统性重要银行”，在咸阳北四县的扶贫工作，正是中国特色大型国企帮扶西部、开展反贫困实践的有益探索，不仅体现了上市企业的“社会责任”，对世界银行业向社会企业转型也具有引领意义。

是为序。

2021年6月3日起草于原国家扶贫开发工作重点县

陕西留坝县楼房沟

2021年6月12日截稿于原国家扶贫开发工作重点县

海南琼中县什寒村

# 前言："中国减贫奇迹"的经济学观察

贫困是人类社会的顽疾，摆脱贫困一直是困扰全球发展和治理的突出难题。数千年的中国史，就是一部中华民族同贫困作斗争的历史。2012年年底，党的十八大召开后不久，以习近平同志为核心的党中央就突出强调，"小康不小康，关键看老乡，关键在贫困的老乡能不能脱贫"，承诺"决不能落下一个贫困地区、一个贫困群众"，拉开了新时代脱贫攻坚的序幕。8年来，党中央把脱贫攻坚摆在治国理政的突出位置，把脱贫攻坚作为全面建成小康社会的底线任务，组织开展了声势浩大的脱贫攻坚人民战争，并取得了重大历史性成就。党的十八大以来，连续7年每年减贫1000万人以上，相当于欧洲一个中等国家人口规模。脱贫地区经济社会发展迅速，整体面貌发生历史性巨变。从世界范围来看，中国不仅在减贫目标上实现了超越，也在减贫路径和理论建树上实现了"中国超越"，使得日益成熟的“中国减贫经济学”研究成为热门领域。

中国的扶贫开发本身就具有鲜明的经济学特色。《中国农村扶贫开发纲要（2001—2010年）》在“基本方针”第一项“坚持开发式扶贫方针”中即明确指出“以经济建设为中心，引导贫困地区群众在国家必要的帮助和扶持下，以市场为导向，调整经济结构，开发当地资源，发展商品生产，改善生产条件，走出一条符合实际的、有自己特色的发展道路。通过发展生产力，提高贫困农户自我积累、自我发展能力”。在后来的《中国农村扶贫开发纲要（2011—2020）》中，再次强调“更加注重转变经济发展方式，更加注重增强扶贫对象自我发展能力”，“坚持开发式扶贫方针，实行扶贫开发和农村最低生活保障制度有效衔接”。由此来看，扶贫开发具有鲜明的发展经济学属性：

一是明确了扶贫目标是找到适合自身并且可持续的发展道路。“走出一条符合实际的、有自己特色的发展道路”，而不仅仅局限于有饭吃、有衣穿，是将发展作为根本症结，也作为根本手段，来持续消除贫困的根源。

二是明确了减贫的根本手段是提升发展能力和动力。“自我积累、自我发展能力”既包含了发展能力，又包含了内生动力。

三是明确了扶贫工作核心是发展生产力。是“以经济建设

耕地是农村产业发展的基础，图为长武县耕地

为中心”“发展生产力”，而不是以救济为中心；是发展经济学系统性的工程，而不仅仅是公益事业。

四是明确了扶贫主要方式是市场化手段。是“以市场为导向，调整经济结构，开发当地资源，发展商品生产，改善生产条件”，扶贫开发工作本身已成为农村地区供给侧结构性改革的重要部分。

在扶贫实践的过程中，中国不断解决改革当中面临的重大问题，从实践到理论再到实践，一门框架更为完整、理论空间更为广阔、更加经得起实践检验、更具融合性的“中国减贫经济学”正在逐步构建形成。

## 一、中国扶贫破解了国际减贫经济学的难题

中国用“生产力”因素科学地解释了社会主义条件下贫困存在的原因，在包括扶贫在内的改革实践中注重解放、发展和保护生产力，体现了社会主义制度的优越性，巩固了马克思主义反贫困的制度基础（人民的公有制政权），又以公有制的制度基础为扶贫提供了组织保障和制度保障，并最终取得减贫事业的成功。

中国扶贫破解了西方经济学反贫困理论的难题。西方主流经济学从公平与效率抉择角度对贫困问题进行研究，结果在公平名义下的再分配就伤害了效率的经济目标，于是分析进入了两难处境。福利经济学也遇到了难题，因为按照帕累托最优化原则，收入再分配总是会使一部分人的收入下降，从而都是对帕累托最优的破坏，于是再次形成了一种悖论。他们提出在收入分配理论中加入一个价值标准，但是，越是使用价值标准，就越是难以对不同人之间的效用加以比较。正如高鸿业教授在《西方经济学》中所言：“以建立社会福利函数而论，社会主义似乎比资本主义更加容易达到目的，因为，在前者的条件下，个人经济利益的共同之处要远多于

后者。”同时，这不妨碍中国扶贫科学运用西方经济学科学原理，提高了消费倾向较高的低收入群体的收入，也就更高效率地提振了消费和增长，再以增长促扶贫，形成了西方经济学乐见但难以实现的良性循环。

## 二、中国脱贫攻坚取得全面胜利为国际减贫经济学开拓研究新高度

非洲及国际上其他地区减贫实验屡屡失败证明了国际减贫经济学的发展已经陷入瓶颈，现有的减贫措施越来越偏重于实验性，且相对碎片化，难以形成系统化的减贫理论体系，因此在指导各国减贫实践中，往往效果不尽如人意，特别在大规模消除区域绝对贫困方面更显得捉襟见肘，而中国减贫实践以其实际成效为一个更可能有实践意义的减贫经济学提供了研究基础。

中国银行在陕西咸阳四个国定贫困县的定点扶贫历程中，围绕着帮扶项目在精准度、创新力、绣花功、持续性上下功夫，用金融思维整合资源，以经济学思维分析当地减贫的要素配置需求，将重点放在助推当地“全要素生产率”增长上。以简单易行的观念为出发点，中国银行扶贫把全要素生产率的源

永寿县永平镇永平卫生院旧址

2020年7月，中国银行无偿援建的永寿县永平镇卫生院正式投入使用，改变了原卫生院基础设施破旧、医疗设备落后的面貌，可为全镇及周边5000名群众就近提供医疗服务，提高了当地医疗防疫水平

咸阳“北四县”地势复杂，图为丘陵叠起的永寿县

泉分为两个方面：

1. 常规要素（资本、劳动力、土地）以外要素的提升，如推动村集体产权机制和制度改进、推动技术创新的推广和应用、帮扶单位和地方政府两方合力的提升等。

2. 常规要素“质”的提升，如职业教育、公益岗位培训、村医技能操作认证、素养教育、拓展就近就地就业渠道、参与和“共享”观念等推动的人力资本提升，产业模式市场化、产业结构升级、保险意识、乡村治理机制提升、活用金融工具等推动的资本利用效率提升，高标准果园、土地平整及托管、认养和订单式农业等带来的土地利用效率提升。

从经济学角度而言，上述这些做法都是结构性的工具，好比是“造血”和“活血”；再加上传统的资金投入的“输血”类项目，整个“扶贫工具箱”对当地脱贫和发展形成了有机的、系统的、持续的拉动效应。

针对不同的县、镇、村，有不同的产业扶贫工具、教育扶贫工具、健康扶贫工具等；在这些维度之外，可以有n+1、n+2等多种维度。例如，在地域和行业维度之外可再加一个需求维度，针对不同的县、镇、村的救急、扶志、扶智等需求，适用的又有不同的产业扶贫工具、教育扶贫工具、健康扶贫工具等，以此类推。

## 三、中国减贫经济学将形成具有统一性的框架体系

纵观国际减贫经济学的发展脉络，没有一种理论能够做到宏观和微观兼顾、公平和效率统一，而中国减贫经济学正在形成这样完整、统一的理论框架体系。

在指导思想上，中国减贫经济学以先进并具有实践性的重要论述为指引。在减贫目标上，从微观处着眼，突出“精准”理论，自下而上建立了“六个精准”“五个一批”“六项措施”政策体系，科学回答了“扶持谁、谁来扶、怎么扶、如何退”四大问题。在减贫路径上，从“公平”入手，实现高效率。从“公平”入手，就是坚持政府在扶贫资源配置与贫困治理中的主导地位，形成了专项扶贫、行业扶贫、社会扶贫等多方力量、多种举措有机结合和互为支撑的“三位一体”大扶贫格局，并通过政府自上而下地强力推动保障减贫政策切实发挥作用。实现“效率”，就是以全面推动的结构性改革避免了西方经济学在解决“公平”问题上的无力性，实现了社会资源配置的帕累托改善。

在减贫结果上，从“效率”入手，实现公平。从“效率”入手，表现为尊重市场，提升扶贫的全要素生产率，帮助贫困

2019年，中国银行在2018年援建永寿县永平镇翠屏特困群众易地搬迁安置项目的基础上，出资375万元配套建设村级扶贫光伏项目，为该村及周边贫困户带来长期稳定收益，帮助贫困群众安居乐业

人口获得稳定、内生、可持续的生存保障和发展能力，从而更快更彻底地跳出贫困陷阱。实现公平，就是最终实现经济社会发展成果的全民共享和全体人民的共同富裕。

## 四、中国乡村振兴战略为减贫经济学拓展空间

中国历史性解决了农村绝对贫困问题，下一步，将在农村地区全面推进乡村振兴战略。相较于精准扶贫，乡村振兴是深

化优化，聚焦于相对贫困，侧重于全面发展和整体提升，是更为系统的工程。实践中如何更加侧重于全要素生产率的提升，如何实现消除绝对贫困和相对贫困的有效衔接，都将为未来减贫经济学理论提供更广阔的空间。

中国一直重视减贫理论与实践的国际共享，希望既为世界减贫做出贡献，还为全球减贫贡献“中国智慧”、提供“中国方案”。为推动国际减贫合作提供科学指引和有效方案，也将有利于全球减贫理论的融合发展，使之成为一个更加开放和丰富完整的科学体系。

中国成功的脱贫经验证明，“中国减贫经济学”在将来可能体现出如下特征：一是从实证分析向理论研究倾斜。从世界范围来看，目前反贫困理论总是包含在人口经济学、政治经济学和发展经济学的理论分析中，专业的减贫理论体系尚未构建。从中国来看，虽然在扶贫实践中探索出了许多行之有效的做法和模式，却始终未能形成完备的减贫理论体系和基本范式，需要理论研究尽快追上实证分析的步伐。二是从调查研究向基础性研究转变。国内反贫困理论的研究，主要受发展经济学的影响，大多采用实证分析的方法，侧重于调查研究。这些调查研究往往注重细节问题，未来需要将研究方向从调查研究向基础性研究倾斜。三是将单一农村减贫理论扩展到城乡接合部、城市相对贫困地区减贫理论体系。整体而言，国内理论界对绝对贫困问题的关注甚于对相对贫困问题的关注；对城镇贫困的研究远不及对农村贫困的研究。但是，上述各类贫困都会对经济社会发展与稳定产生深远影响。随着乡村振兴战略的实施，未来中国减贫经济学的理论研究应加快从农村扩展到城市，从绝对贫困治理扩展到相对贫困治理，进而为中国及全球新的减贫实践提供更具价值的指导。

（作者：王蕾、赵春雨、丁孟）

中国银行援建陕西省咸阳市长武县巨家镇马成寺村设施农业大棚项目，带动村集体固定资产收益增加，贫困群众就近就地就业

# 第一章　苹果里的经济学

北纬35° 是世界公认的最佳苹果生产带。陕西境内渭河以北的4万多平方公里土地处于这个纬度，海拔800—1200米，昼夜温差大，光照充足，土层深厚，是优质苹果产区。有人曾做过这样的统计，中国每11个苹果中，就有1个产自咸阳。中国银行在咸阳“北四县”（淳化县、旬邑县、长武县、永寿县）启动苹果扶贫项目，正是看中了这一地区所具有的独特要素禀赋。

苹果虽小，但它涉及很多问题，如消费市场、果农的收入、政府的责任、企业的发展、经济平稳较快发展等。如果离开了这些内容去谈发展苹果经济，根本是狭隘的、一叶障目，甚至是缘木求鱼，不会得到正确的答案，寻找不到正确的发展苹果经济之路。

从经济学的角度如何判断产品好不好？产品竞争力在哪？

产业基础怎么样？这些复杂的问题似乎难以找到突破的路径，但是，这些没有难倒中国银行扶贫工作队的队员，他们下定决心：从经济学的价值创造和资源稀缺性入手进行分析研究——苹果树在中国不是稀缺树种，但为什么在“北四县”是稀缺的？同样是一棵树，资源如何配置才能创造更高的价值？中国银行扶贫工作队实地考察区域苹果种植情况，最终寻找到许多种具有普遍性、生长性，能够激活一个区域的民生经济项目。

淳化县大槐树村“认养农业”小程序项目，借助中国银行消费扶贫和科技扶贫的优势，开发“认养农业”微信小程序，建立线上认养交易平台

## 一、激发经济原动力

理解了扶贫开发的供给侧结构性特征，发挥金融优势真抓实干就可以解决“扶贫扶什么”“脱贫脱什么”和“攻坚攻什么”这三大问题。

淳化县大槐树村“认养农业”小程序项目，2019年完成了64亩土地认养，61户贫困户参与其中，每亩净增收500元

## （一）把握扶贫之要素

为简单可行，可以把全要素生产率TFP（Total Factor Productivity）的源泉分为两个方面：

1. 常规要素（资本、劳动力、土地）“质”的提升，如教育、培训、就业、观念等推动的人力资本提升，税收、利率汇率市场化、产业结构升级等推动的资本利用效率提升，土地确权等导致的土地利用效率提升。

2. 非常规要素（资本、劳动力、土地以外其他要素）的提升，如制度改进、技术创新、品牌效应、供应链完善等。

从经济学角度讲，这些要素的影响力是结构性而非周期性的。精准扶贫的“精准”二字，排除的是大水漫灌的周期性，强调的是结构性的全要素生产率增长，在实践中把“扶”的方向指向全要素生产率。

具体到“北四县”，从哪个产业入手呢？每年九、十月是苹果成熟的季节，走到哪儿都能看到果实累累，走到哪儿老乡们都拿出最好的苹果招待中行来客。一张张朴实的笑脸，一个个酸甜红润的苹果，给中行扶贫人带来了最好的启发。

从扶贫工作帮扶对象看，陕西全省累计有约200万农户、近400万人镶嵌在苹果产业链上，56个国定贫困县中26个是苹果基地县。不仅如此，全省共有涉果农业院校6所，各类果树试验站43个，其中苹果试验站19个，果业科研机构20个。种小麦省心，种苹果费力，但同样一亩地，小麦只能挣三四百元，苹果却可以收入几千元甚至更高，因此苹果成为当地种植的主要经济作物。扶贫产业从苹果入手，是一个必然的选择。

陕西苹果产业发展，既面临着外地苹果的竞争压力，也存在一些短板亟待突破。围绕"加快推进苹果产业高质量发展"，苹果产业既面临着常规要素"质"的提升，又急需非常规要素的提升。

首先是生产经营方式。国家苹果产业技术体系首席科学家、西北农林科技大学校长助理霍学喜指出："陕西苹果户户均果园11.3亩、户均拥有2.8个果园，规模小、组织体系碎片化。因此，适度扩大苹果户户均规模是解决产业技术进步缓慢、实现高质量发展的基础。"

其次，陕西苹果分选仍以人工和初级机械分选为主，4.0分选线（4.0版本的果蔬分选装备是以先进的硬件和软技术的应用为标志，主要针对苹果、桃类、梨、柑橘等水果的内部生理特征如糖度、酸度、霉心病、褐变等进行检测分选）使用率也仅为30%，大部分没有实现智能化品质检测。冷链贮运是果品保值增值的关键，但陕西省果品冷藏能力与产业规模不匹配，大型冷链设施不足。果品储藏能力不足，仅占

中国银行引进优质苹果种植技术，促进贫困县农产品销售

苹果总产量的37%，其中气调储藏（通过调整和控制食品储藏环境的气体成分和比例以及环境的温度和湿度来延长食品的储藏寿命和货架期的一种技术）占比约为10%。陕西省作为一个苹果产业大省彼时的储藏能力远不能满足需求。

再次，果品营销组织化程度不高，一、二、三产业关联度低，果业文化、果业金融、果业物流等缺乏支撑，综合效益不高。由于果农品牌意识淡薄，优质商品率低，残次率过高，精细化分拣难度大，优质商品的价值和价格锚定出现问题，性价比不高，导致产品没有市场竞争力。品牌缺少影响力，“北四县”苹果产区相比其他产区销售时间节点尤为明显，最重要的三个时间节点分别为中秋、国庆、春节，大多数果农都会在中秋前采摘苹果，大量的苹果未成熟就提前下树，若当年苹果行情好，会有一个不错的价格和较好的收益，如果行情出现波动，就会出现亏损，完全处于一个靠天靠行情的状态。由于苹果早采，品质不够，生鲜水果又受货架期的影响，不存库容易被贱卖，存库会增加果农成本，更重要一点，存库后如果春节走货慢，又会出现苹果开春后的疯狂抛售，当地果农完全失去苹果定价权。主要销售渠道还是线下销售，因为咸阳产区地理位置、纬度与洛川接近，苹果果形与洛川苹果接近，大量被砸到低价的咸阳优质商品果被客商收购拉走、分拣包装成其他品牌后发往各大市场，实乃产业之不幸，品牌之尴尬。

此外，省政协农业和农村委员会调研组在多地调研发现，陕西省苹果产业还存在结构不优、生产基础薄弱、集约化规模化发展缓慢、产业整体水平不高、品牌综合实力不强、科技成果转化不充分等短板。“全省注册苹果类商标

343个，但缺乏真正叫得响、有市场竞争力的优质名牌，与区域公用品牌中最知名的‘洛川苹果’和‘烟台苹果’还有差距。”果业科技支撑虽然有一定实力，但是科技优势发挥不充分、科技成果转化不足、基层技术推广力量薄弱，制约了苹果产业的转型升级。市场上盗用“延安苹果”“洛川苹果”品牌的现象时有发生，品牌保护压力大，基层技术人员短缺，果业技术服务“最后一公里”的问题突出，品牌效益与陕西省果业规模不相称，“大商品、小品牌”和区域品牌、企业品牌弱的现象亟待破解。农产品已进入品种、品质、品牌竞争的新时代，品种作为物化的核心技术在市场竞争中起关键作用。

是问题也是机遇。这样一些问题，既是提升“北四县”全要素生产率的很好的切入点，也是中国银行扶贫工作队帮扶的重点。

## （二）斩断农村之穷根

经过多年的人力、物力投入，农村贫困地区“没吃没穿没水井没公路”的状况已得到极大改观，克服了“决胜全面建成小康社会”征途上的有形障碍。但真正的障碍是无形的、结构性的“穷根”，是全要素生产率的反面。

“穷根”体现在心态上，最为明显的是“两个不”。第一，“不羡慕”。没有发展的强烈欲望和动能，甚至认为脱贫

中国银行党委书记、董事长刘连舸（右二）在永寿县深度贫困村——渠子镇咀头村检查建档立卡档案

还不如不脱贫；外面的世界好不到哪里去，自己做的都是对的，混得不好就等着或怨天尤人。第二，“不相信”。不相信市场的力量、奋斗的力量，只相信行政和权力；不相信坚持可以带来远方的收获，只想拼命守住眼前的利益。

“穷根”体现在行动上，就是缺少“两个字”：创、闯。比如，2017年夏季，在中国银行党委的高度重视下，中银集团旗下的中银金融商务有限公司下了很大的决心，拿出了150个名额，针对“北四县”贫困大学毕业生组织专场招聘，并首次将学历要求调低到大专，整体力度前所未有。150个名额平均分配在三个工作地点，合肥和昆山在工作时间和薪酬水平方面的优势非常突出，但最初报名时，约有95%的学生宁愿“挤破头”要报西安，也绝不报合肥与昆山。经过市县人社系统和中国银行扶贫工作队队员走家串户的宣传，情况有了改观，招聘人数历史最佳，但最终西安全部满额，合肥昆山两地则仍空缺不少。

在招聘启动会上曾有相关领导说：“这些孩子从塬上走出去，走到西安，甚至更远一些的合肥、昆山，思想、思维上也会不断开放，他们也会把这些新的想法带回各自的家庭……”迈出这一步很难，看着合肥和昆山的一些名额白白浪费，只能感叹“撼山易，撼观念难”。但是迈出去就不一样了。两年后，当扶贫队带领咸阳人社局和人才服务中心的同志到合肥、昆山回访这些孩子时，深深地感慨：他们变得如此自信和向上。这不由令人想起电视剧《温州一家人》所描述的温州农民周老顺一家背井离乡、在中国各地和欧洲艰苦创业，最终转型成为现代企业家的故事。经济学家钟朋荣曾将“温州人精神”概括为四句话：白手起家、艰苦奋斗的创业精神；不等不靠、依靠自己的自主精神；闯荡天下、四海为家

中国银行党委副书记、监事长张克秋（右一）在长武县深度贫困村——巨家镇马成寺村检查贫困户退出情况

的开拓精神；敢于创新、善于创新的创造精神。这就是“志”的力量，也是来自劳动力“质”的提升的全要素生产率的力量。

“穷根”体现在结果上，可温饱、难发展。不管一个地方多么历史悠久、底蕴深厚、区位优越，只要穷根还在，“志”“智”“质”“治”不起，仍然有产品无品牌，有资金无产业，有机会抓不住，全要素生产率的增长缺乏持续动力。如果说增加要素投入是“生枝叶”，那么提高全要素生产率就是要“拔穷根”。

具体到扶贫切入点苹果产业上，就是要斩掉低成本低收入的种植理念“穷根”，斩掉全靠政策补贴的思想“穷根”，斩掉等着地头收购的渠道“穷根”，斩掉跟风种植、缺乏创新、一哄而上、一哄而下的发展模式“穷根”。

### （三）唤醒“内在资源”

“穷根”是无形的，是存在于人理念里的；全要素生产率的源泉也是无形的，是人们理念里的东西及其形成的结构调整。脱贫攻坚最终要拼的也是认识、观念、创新、思路这些内在的精神层面上的东西。

著名的《塘约道路》一书描写了贵州安顺一个穷山村在党组织带领下，如何通过成立合作社搞规模经营，重拾乡约民俗，重拾村民自治，实现惊人蜕变。书中提到了农村“重建家园”：“岂止是道路、房舍……我们的精神，我们的信仰，我们的生活理想……世道人心、公序良俗、民主法治……哪一个不需要重建？”塘约村是一个洪灾后一贫如洗的村庄。即便是这样一个深度贫困的村庄，也不是依靠资源投入走出贫困的。书的开始部分，带头人左文学即便在最困难时“在浴桶里”苦思冥想的也不是如何跟上面要钱要物，而是想明白了“要踩出一条路来，第一步就是要成立合作社，把全村的地都集中起来，搞规模经营，实现效益最大化。第二步就是调整产业结构”，始终思考的是道路，拼的是脑子。

《塘约道路》中的曾永涛市长评价塘约村的成功时认为，塘约实践唤醒了两大资源：沉睡的土地资源和人的内在资源。他用的是“唤醒”，用经济学词汇讲，是改变了要素配置和要素使用效率。

中国银行大力开展扶贫扶智，激发贫困群众脱贫致富的内生动力。2019年中国银行为脱贫带头人培训苹果“保险+期货”知识

怎样唤醒沉睡的土地资源？安顺市总结为：测量、勘定是村的行为，称“确权”；颁证是政府行为，称“赋权”；交易属市场行为，称“易权”。通过这“三权”促“三变”，资源变资产，资金变股金，农民变股民。巩固了农村资源集体所有权，维护了农民土地承包权，放活了土地承包权。这些做法都不是增加要素投入，都是改变要素配置的典型做法。这样的道路，拼的不是资金，是脑子。

怎样唤醒人的内在资源？作者王宏甲在书中深情地写道：“农民需要一个精神焕发的村庄。”书中提到孔子说“举善而教不能”，也就是说，人是由于能力的欠缺、不知该干什么才会“懒”。你推崇正直，教给他才能，他就勤劳了。塘约村就是搞了这样一个“举善而教不能”的综合培训中心，学技能、学政策。当然，唤醒人的内在资源绝不仅仅是建个培训中心这么简单，唤醒和培养一个好的带头人、解决好四种“个别”人（村委、党员、村民组组长、好村民代表）问题、市县村一级管一级、各就各位、各司其职……创造一个改革的环境，萌生向上的希望，产生学习的冲动等都是需要解决的现实问题，正如书中所说：“什么是经济增长点？我相信，人民群众的力量起来了，就是经济增长点。”以人民为中心，把人民组织起来，激发人民的内生动力，拼的仍然不是资金，是脑子。

回到苹果产业上来，这将涉及一个与贫困群众息息相关的产业链的发展，更要动脑子。

从一产的角度考虑，要帮助村集体，或引入带头人、龙头企业流转土地，发展规模化标准种植并开发创新品种；要坚持高质量发展，用切实可行的机制去鼓励群众种植高品质的苹果，发挥苹果示范园的“样板”示范带动作用，通过伐老建新、高接换头、间伐和示范园创建等多种模式，加快推进老旧果园更新改造；要改变苹果品种单一、结构雷同的状况，改变“富士苹果一统天下”形成的“同质化”竞争，打破“提质增效”的瓶颈，鼓励种植新品种和早熟、晚熟品种，错峰上市，差异化竞争。在苹果主产区，要主推分生态类型区建立稳定的新品种试验示范园（基地），开展新优品种筛选及配套栽培技术试验示范。

从二产的角度考虑，要帮助引进和支持初加工和深加工企业，延长苹果的时间链和产业链，通过加工，提高农产品的增加值。

从三产的角度考虑，要帮助当地发展智慧分拣和冷链仓储，激励“北四县”大力发展可以“弯道超车”的电子商务，用高效的物流和电商，提升农产品的销售价格和销售半径；在消费者心目中，品牌化的农产品代表了信赖、放心和高品质。因此，苹果要在品牌化方面“下功夫”，要加快区

长武县马成寺村是咸阳市三个深度贫困村之一，这几年在中国银行帮扶下，产业发展欣欣向荣。图为马成寺村航拍图，近处是光伏扶贫电站，远处可以看见连片的大棚

域协作，整合地域品牌，统一商品标识，统一实施运作，建设官方旗舰店，打造苹果区域公共品牌，帮助当地讲好品牌故事，做强果业文化、果业金融、果业物流；企业品牌是优质水果质量、信誉的重要保障，咸阳水果要真正在国内国际两个市场上站住脚，打造一批企业品牌十分重要，要支持企

业申请创建自有品牌，提供特色化产品、个性化渠道；要构建区域品牌、企业品牌、产品品牌一体化的品牌格局；依托“一带一路”大力拓展国内外市场，提高苹果品牌的知名度和美誉度，用市场化的力量再反过来引导和倒逼高品质的种植，形成一个可持续的良性循环。

从一、二、三产融合的系统性角度考虑，要提升苹果全产业链关联度，构建一产提质、二产增值、三产增效融合发展的完整体系，就要促进产业链相加、价值链相乘、供应链相通。

## 二、新模式催生“股份农民”

中国银行在2012—2020年定点扶贫过程中，用情用力帮助和支持了咸阳“北四县”苹果产业的发展，与广大果农一道见证了咸阳果业从小到大、逐步成长的历程。

在市场经济高速发展和经济体制不断完善的今天，任何一种产业的发展都和市场紧密相关，苹果生产也不例外，市场的任何风吹草动对果业生产都会带来冲击和风险。一家一户进行苹果种植和生产，果品只能随行就市销售，在行情好的情况下可以卖上好价格，在市场疲软的情况下价格低，收

2020年10月，中国银行扶贫干部、淳化县副县长林永清（右）在县天麒果业产业园了解苹果长势和销售情况

入大打折扣，甚至有时候市场饱和，苹果无人问津，血本无归。而企业和果业合作组织进行大规模生产和种植，可以有效扩大产业规模，提高产业附加值，抵御市场风险的能力也会大大增强。

长武县亭口镇万亩双矮果园的成功实践，正是苹果产业规模化发展的一个例证。亭口镇地处长武县东南部，距县城20公里，是长武县的东大门。脱贫攻坚战打响以来，亭口镇坚持把独具优势的苹果产业作为富民强镇、稳定脱贫的主导产业，在规模化发展苹果产业方面探索出了一条新的路子。

在发展之初，亭口镇广泛动员果农一家一户种植双矮苹果新品种，发过苗子，给过补贴，也赠送过肥料，但却始终不见起色。很多农户把苗子种上了，来年就死了；要不就是嫌见效慢，把树苗偷偷拔了，第二年再向政府要补贴，要树苗。镇政府投入了不少资金和精力，却难以见到成效，如何发展苹果新品种，成了摆在亭口镇政府面前的一道难题。

咸阳市淳化县官庄镇贫困户在中国银行援建的苹果分拣中心务工，实现就业脱贫

## （一）引龙头企业加盟，建成苹果产业园区

单打独斗的方式行不通，必须转换思路。为此，中国银行扶贫干部与亭口镇政府共同研究，因地制宜、大胆探索，创新模式、完善机制，积极整合各类涉农项目资金，创新采取规模化发展的方式。明确这一方向后，2014年以来，为了盘活土地资源、发展壮大农业产业，进一步优化产业结构，中国银行扶贫干部力推亭口镇开展招商引资，对中国银行合作企业进行认真分析、研究、筛选，去粗存精，吸引农业龙

贫困群众在中国银行援建的淳化县十里塬镇农业产业示范园长期入园务工，年收入可达到2万元，实现稳定脱贫

产业扶贫项目让贫困群众的增收渠道更宽、致富门路更多、收入水平更高，真正实现从普通群众向“股份农民”转变

头企业来亭口投资兴业，先后引进长凌、朗润、万富、三丰、天恩、鸿旭、恒顺等龙头企业，建成了以樊罗、三台、西塬、胡堡、柴厂、路家、董兴等7村为核心的万亩双矮苹果产业园区。从2014年的500多亩，逐年扩大面积，逐步发展壮大，截至2020年，共建成果园5200亩。累计整合农业、扶贫、果业、水利、交通等各类涉农项目资金3500多万元，先后为园区建设提供苗木补助300多万元、实施立杆扶直5200亩、建设防雹网500亩，修建水井眼，配套安装节水灌溉设施3180亩，硬化园区道路9.5公里，栽建太阳能杀虫灯

400盏，配齐了果园机械化设备，从而进一步推动了园区规模化、现代化、智慧化发展，真正实现了“整合小碎银，发展大产业”的目的。

### （二）千亩土地变资产，贫困户变“股份农民”

在发展过程中，亭口镇探索出“企业+合作社+贫困户”的模式，坚持把土地流转和入股分红、园区务工作为带贫益贫、引领群众脱贫致富的“助推器”，推行“三变”改革（实现贫困户土地资源变资产、产业引导资金变股金、贫困户变股东），以企业、合作社经营为主，引导贫困户以土地入股、产业引导资金入股、园区务工进行分红增收，让贫困群众的增收渠道更宽、致富门路更多、收入水平更高，真正实现从普通群众向“股份农民”转变，持续稳定增收。土地流转，千亩土地变“资产”。坚持优先考虑贫困户土地，目前，核心区域流转土地共计2700多亩（涉及群众800多户，其中贫困户土地115户580亩），每亩每年租金至少500元，每三年递增10%，在2019年，仅土地流转收入达148.5万元。劳务输出，务工薪金促增收。园区优先在贫困户劳动力中聘用务工人员，共带动200余名群众在园区务工，仅农民在园区从事除草、施肥、拉枝等工作，每年能增加工资性收入200万元，务工人员年增收近万元。资金入股，年终分红稳脱贫。

2019年，中国银行援建的枣园西河苗木花卉种植基地项目，为枣园镇西河村荒弃的河滩地引入杨凌先进的苗木花卉种植企业，并拨付无偿资金支持185万元，建成了苗木花卉种植产业园，通过“企业经营+农民务工+贫困户分红”的模式，带动农业产业优化升级，104户贫困群众增收致富，实现了多方共创、共赢

中国银行扶贫工作队在推动园区建设的6年中，还积极加强与西北农林科技大学和咸阳职院等高校的技术沟通，将园区作为院校校外实训基地，市县果业科普示范基地，定期邀请专家教授和省、市、县科技人员为园区提供技术指导。引进了烟富6、礼富、蜜脆、丽嘎啦、瑞阳、瑞雪等名优新特品种和矮砧密植集约栽培等技术，实施有机肥土壤改良工程，不断提高园区科学化作务水平。在省果业局的指导下逐

片区建设智慧果园、网上销售平台，在全咸阳市走在了前列。在企业建苹果基地的基础上，通过各村合作社建设果品气调库，解决园区的流通链条的配套。

亭口产业发展的经验证明，规模化种植改变了原有的生产模式，实现苹果生产的转型升级，向标准化、集约化和机械化迈出了坚实的一步。一方面，生产技术更加统一，操作更加方便，果品质量无论外观还是内在品质都越来越好；另一方面，健全生产果园基础设施，完善滴灌和水肥一体化系

中国银行聘请农林专家为果农们讲授苹果疏花疏果技术

经过刘阿娟的不懈努力，苹果园果实累累

统，解决了生产中水源问题和施肥问题；同时，机械化生产解决了劳力不足的问题，又降低了生产成本，使苹果产业发展实现了规模化和科学化。

### （三）刘阿娟："爸爸的苹果"，甜甜的爱

暮春时节，地处渭北高原的陕西咸阳淳化县官庄镇焦家村的苹果树刚挂果，空气里弥漫着甜甜的苹果花香。

中国银行扶贫干部、旬邑县副县长吴暐（左）查看苹果树生长情况

淳化县焦家村土生土长的85后女青年刘阿娟正在她新开辟的苹果园里修剪果苗。随着清脆的叫声，一只野鸡从园子里飞起，落到了不远处的树丛里；两只野兔刚从一块地里现出身，又窜进另一片草丛里；几只小松鼠在园边几棵树间上下忙活着。“这里三面都是沟，有一个相对封闭的小环境，是个完善的生态群落，完全没有被污染。从这个园子开始，我们要做真正的有机苹果。”刘阿娟说。

脸上晒得黝黑，两脚沾满泥土，干起农活干净利索，很难想象，俨然一副职业农民形象的刘阿娟在五年前，曾是在北京闯荡的自媒体记者。为了照顾患病的父亲，刘阿娟回到淳化老家，创办“爸爸的苹果”品牌，带领果农一起转变传统观念，尝试发展高品质的绿色无公害果品。如今，她带动乡亲们实现增收致富，企业也荣获了咸阳市和淳化县“双料”优秀电商企业荣誉称号。从一名产经记者到苹果产业园

淳化县官庄镇农副产品冷链项目，实现果品机械化分拣，有效提升果品精品率

“园主”，这种身份转变是怎么完成的？

2010年，刘阿娟从西安石油大学毕业，投身新闻行业，成为一名产经记者。

“从小的梦想就是离开农村，不要再重复父辈的生活。”然而，工作4年后，刘阿娟却“背离”了梦想，放弃已经步入正轨的城市生活，回到了这片生养她的土地。刘阿娟说：“当时主要是爸爸病重，想回来陪护老人家。”

2016年年初，阿娟父亲经过跟肺癌两年的相处后，安详离世。虽然他告诉阿娟自己人生很尽兴，让她放手去过好自己的人生，阿娟却感觉彻底失去了在家乡的精神支柱，非常犹豫是继续留在农村做“爸爸的苹果”，还是返回北京工作。2016年，中国银行和咸阳市政府组织了“北四县”的农业企业去河北岗地村学习参观。阿娟感到了震撼，她回忆说：“在那么恶劣的条件下，他们竟然种出了那么高标准的苹果！”其实经过两年的摸索，她已经意识到要把“爸爸的苹果”做好，一定要从源头抓起。虽然客户分不清这一批苹果和下一批苹果的区别，但是她心里非常清楚。由于企业种植要涉及土地流转、重资产投入等问题，阿娟一直下不了决心，直到这次考察后。同时，中国银行扶贫干部在一次谈话中跟她说：“阿娟啊，你要把对父亲的小爱，升华为给淳化甚至更多老百姓的大爱。”这句话重新奠定了她的精神起点。

要建园，要解决的第一个问题就是水。矮砧密植苹果树对水的要求极高，而淳化是旱塬。在建第一个园区的时候，时任中国银行驻淳化挂职副县长、扶贫队员陈长军帮园区所在的村子申请到了130万元的水利项目。当时还是市政府党组成员、副秘书长的王蕾，带着全体扶贫队员巡回调研“北四县”待申请扶贫项目，曾经翻沟越梁来这个村子调研，最后决定上报申请这个项目。阿娟回忆说：“他们问得很细，看得很细，给我的感觉是，很不一样，不光想着眼前的事，还想着明年甚至更远。”

再往后，第二个园子——2019年九顷塬700亩园区开建时，中国银行驻淳化挂职副县长王勇、副县长林永清又帮她立项申请到了200万元的扶贫资金用于购买苗树和有机肥，让刘阿娟带头实施高品质的苹果种植项目。增强了创业实力的刘阿娟，带领农民进行技术革新，生产优质苹果，发展会员经济，直接供应中高端市场。

“爸爸的苹果”好在哪儿？看起来不复杂的苹果种植，在刘阿娟的改良下，需要140多道工序。“有的村民刚开始很不适应：不就是种苹果树嘛，怎么这么麻烦！但经过这几年的实践，种出来的苹果确实好，现在村民们都接受了我这一套复杂的流程。”刘阿娟说。

丁户塬村的村民原来大多靠种植小麦为生，一年顶多挣1

万元。如今，在刘阿娟的带领下，有的村民甚至一个月能挣1.4万元，大部分村民月收入也都稳定在6000元至9000元。

时任中国银行监事长王希全，鼓励她要做新型农业带头人，未来的三农发展特别需要像她这样从北京返乡、有想法，又了解当地的能干的年轻人。王希全到阿娟新基地考察，他说："你现在往前走寻找生路，往后退是万丈深渊，已经不是你一个人的事情了。"王监事长还当场加了阿娟的微信，一直关注着她，并嘱咐扶贫队要多支持这样有情怀、有知识的带头人。

刘阿娟回忆说："2020年疫情，由于高速公路封闭，我们很多果子都没有来得及发给客户，中国银行扶贫工作队又帮我们联系到了中银慈善基金会，基金会购买苹果，捐赠给武汉战斗在一线的医务工作者。公益中国平台还联系中国银行深圳市分行认领了1000棵苹果树，给了我非常大的支持。在这几年发展过程中，王蕾队长多次来基地实地考察调研，有一次在考察完转身上车时说：'阿娟，有困难时要跟我们讲，不要一个人扛。'我当时眼睛就酸了。"

2020年10月，中国银行董事长刘连舸到基地调研，详细了解九顷塬的整体规划，并提出了宝贵的指导意见。

阿娟说："中国银行于'爸爸的苹果'，就是那个点灯的人。""爸爸的苹果"的一期建设已经接近尾声，第二期美丽乡村建设即将开始，阿娟说要把中国银行给的大爱和力量传递给更多的人。

现如今，刘阿娟名下的苹果园占地800亩，种植了9万棵高品质苹果，项目总投入1349.5万元，年均销售额500万元，5年累计销售额突破2500万元，累计带动300多户贫困户脱贫致富。

如今的刘阿娟，目标更大了。考虑到自己的苹果即将大量挂果，她希望将冷链仓储这个链条补齐，正在筹建自己的气调库，一步步实现“爸爸的苹果”产业链之梦。

## 三、智慧果业开拓乡村发展新路径

### （一）一个苹果，多种经营

发展现代农业，必须走提高附加值、延长产业链的精深加工之路，引导苹果产业向上游、下游延伸，推动一、二、三产融合发展，最大限度挖掘苹果产业的附加值，真正实现“一个苹果、多种经营”的目标。在果品企业发展过程中，中国银行积极支持企业延伸产业链条，放大规模效应，形成比较优势，为苹果产业的发展壮大注入源源不断的发展活力，让小苹果切实成为助农增收的致富果。

由中国银行援建的长武县洪家镇的咸阳天丰农业科技有限公司（以下简称天丰公司）的“京东云仓”果品包装车间里一派热闹景象，工人们忙着分拣、包装、转运，一箱箱“长武红”苹果将从这里发送到全国各地的消费者手中。

高大的冷库里，35岁的史海龙开着三层叉车从十几米的高空把巨大的苹果储存篮取下来运到库区的院子里，不停歇地又和其他员工一起分拣装箱。“我家就在洪家镇姜曹村3组，因父亲患脑出血后无法务工，我便辍学打工供弟弟上大学。

积极探索“互联网+实体店+扶贫”营销模式，通过互联网销售拓展销路，增强品牌效应

直播带货为小油桃找到了大市场。2020年7月11日，中国银行扶贫干部王剑峰（左）与奥运冠军邢傲伟（右）为大槐树村贫困户的油桃直播带货

过去我在外地打工，离家远无法照顾父母，去年10月，我到天丰公司工作，公司还培训我学会了驾驶叉车的技术，每月工资2500元。我家中还种植了3亩苹果，每年能卖1万多元。现在我在家门口打工，收入不低，还能照顾父母，很知足!”

脱贫攻坚战打响以来，在中国银行支持下，省劳模、天丰公司负责人洪志锋的带动下，通过发展苹果产业，拓展苹果全产业链，策划“长武苹果，红动中国”活动，推出“长武红17° ”苹果品牌，带动当地老百姓的日子越过越红火。过去，长武苹果虽好，但种植起步较晚，产业发展走了不少弯路，曾因质差价低发生过果农荒废果园的事，“致富果”变成了“伤心果”。为改变这一现状，2006年9月，洪志锋注册成立天丰公司，在从事农资经销与配送、果品贮藏及销售的基础上，引入果菜专业合作社建设、现代农业园区建设、农特产品电子商务等，创新果品产前、产中、产后一体化服务新模式。

在天丰公司发展过程中，中国银行给予了大力支持和帮助。随着“金融+电商”模式的推广，2017年，在“公益中行”刚刚建立之初，中国银行就把洪志锋发展成为第一批代理人，帮助天丰公司以苹果特色产业为基础，以“公益中行”平台为依托，先后上线了多款农特产品，搭建了“互联网+实体店+扶贫”新的销售模式，年均销售收入在200万元以上。

在延伸产业链条过程中，仓储物流成为天丰公司发展的瓶颈。天丰公司计划新建大型仓储物流园，但自有资金却捉襟见肘。为了解决问题，洪志锋找到了当时中国银行在长武县挂职的副县长赵春雨、庞志远，希望得到中国银行扶贫资金的支持。

赵春雨表示：“能够帮助果业扶贫龙头企业解决燃眉之急，同时发挥扶贫资金的带贫益贫作用，是产业扶贫的目的所在。”在两位副县长的积极争取下，中国银行出资445万元支持长武县洪家镇京东云仓建设（总投资1100万元），建成3个贮藏分拣库及配套设施，推动洪家镇苹果及相关物流产业发展，带动洪家镇406户1131人建档立卡贫困户10年脱贫巩固提升，每年分红可达26.7万元。

## （二）果业的数字化、自动化、智能化

看着拔地而起的京东云仓，洪志锋感慨良多，也充满了信心，他表示，中国银行的帮扶让他实现了梦想，也回馈了社会，可以说是双赢、多赢。下一步，京东云仓项目通过引进京东大数据优势和先进管理理念、京东智慧物流体系，可以针对性地实现库存共享及订单集成处理，提供仓配一体、快递、冷链、大件、物流云等多种服务。未来，长武县苹果等大宗农产品以及西北地区的其他农产品经过初加工后可以从长武直接发货，平均配送时效提前24小时以上，大大提升了消费者的新鲜购物体验。预计全年可加工长武及西北地区农副产品3万吨，物流周转量可达5万吨，并将解决农村剩余劳动力就业500人，同时可带动全县运输、修理、餐饮、住宿、彩印、包装材料等二、三产业快速发展。

目前，咸阳市苹果产业已经进入传统果业向现代果业加快模式转变的关键阶段，需要运用大数据提高果业生产精准化、

中国银行投资建设大槐树电商中心，发挥集体电商优势，促进一、二、三产业融合发展

智能化水平，推进果业资源利用方式转变，增强农业农村经济运行信息及时性和准确性，加快实现基于数据的科学决策。这将有利于咸阳果业高质量发展和品牌化提升。

中国银行扶贫团队强调，在果园生产管理环节，要以提高果园生产管理及智能化决策水平、实现果园增产增收为目的，以标准化技术服务的落地推广为核心，以智慧化平台体系建设为手段，集成采集果园土壤、生态环境、果树个体及群体数据，围绕全县果园生产管理构建“天、空、地”一体化数据体系，突出传统知识经验与标准化数字技术的深度融合，研发基于数据分析的果园系列生产管理模型，从果树栽

中国银行投入无偿帮扶资金445万元支持建设的长武县京东云仓苹果物流体系项目，可解决农村劳动力就业500人

培管理、肥水调控、病虫害监测预警防控、树体生育规律等方面实现智能化控制、精准化生产决策，建设果树栽培管理系统、肥水智能调控系统、病虫害监测预警防控系统以及果园管理辅助决策系统。

中国银行扶贫团队强调，在果品流通环节，要以果库为纽带，以生产过程管理为核心，建设果品生产溯源系统。对果品仓储进行数字化改造和智能化升级，建设果库环境自动化监测和控制系统、果品在线监测和仓储管理系统、果品出入库追踪系统等。

以构建“天、空、地”一体化数据体系，建设果业大数据管理集成应用平台，连通融合果园生产数据、果品仓储数据、电商流通数据以及产业链相关主体数据，实现在异构平台环境下的多源数据集成共享。建设全县果业一张图管理系统，果品追踪追溯管理系统，专家在线支持系统，辅助决策分析系统等，配套建设果业大数据指挥展示中心。

未来，智慧果业的发展将有效推动果业的数字化、自动化、智能化管理，实现园艺、水肥、植保的相对精准使用，对于提高果业效益和果农经济收入，保护城乡消费者健康都将具有重大意义，也是未来苹果产业发展的重要方向之一。

## 四、从“公益中行”到“公益中国”

在陕西省旬邑县咸旬高速出口不远处的德盛源仓储销售区，一箱箱筛选好的富硒苹果被装上货车。现在，这里已成为“旬邑马栏红”苹果的一处主要集散地，每天都有大量苹果从这里源源不断地运往全国各地。

“真想不到，如今我们的产品能这样畅销！”德盛源现代农业公司负责人张爱玲表示，自从她的企业搭上“公益中行”的快车，不仅产品销量快速上涨，而且整个企业的运营理念都发生了明显转变。几年间，德盛源已从一家粗放式经营的苹果销售商户，发展为一家采用“实体+电商”运营模式的综合性企业，每年可带动1300多户贫困户实现增收。

“公益中行”最初是由中国银行于2016年联合咸阳“北四县”研发建立的线上销售平台，旨在引导中国银行员工“在线找产品，订单助脱贫”。现在，这一平台已更名为“公益中国”，依托这一平台参与消费扶贫的单位已远不止中国银行一家。

### （一）“公益中行”：中国银行和“北四县”的连心桥

“‘公益中行’平台是中国银行员工和‘北四县’贫困群众的连心桥。”这是咸阳市委对“公益中行”的中肯评价。

长期以来，咸阳“北四县”盛产苹果、核桃、杂粮。然而，由于交通不便、市场渠道不畅，许多特色农产品常年“养在深山人不知”，严重制约着当地群众的脱贫步伐。面对这一处境，作为咸阳“北四县”的定点帮扶单位，中国银行决定将帮助贫困户销售农产品作为扶贫创新的突破点。

“借助互联网力量，把老乡家的东西卖进城。”这正是“公益中行”的缘起。基于这一思路，在咸阳市委市政府及有关部门支持配合下，中国银行充分运用“互联网+”思维，发挥技术优势，着手研发“公益中行”精准扶贫平台。2016年10月，“公益中行”平台以手机App形式，在中国银行陕西省分行上线试运行；2017年3月，中国银行出资1.74亿元，成立中益善源（北京）科技有限公司，组建专业人才队伍负责平台运营维护；2017年4月，“公益中行”精准扶贫平台正式上线运营。

作为不以营利为目的，专注服务“三农”的电商平台，“公益中行”将供给端精准对接咸阳“北四县”贫困群众，而平台上的买家则是中国银行各级组织、30余万员工及众多爱心客户。平台正式上线以后，在中国银行总行党委的倡议下，全系统积极响应，中国银行员工纷纷注册成为平台用户，并主动将平台推荐给家人、朋友等，邀请更多社会爱心人士一同参与消费扶贫。此外，该平台还开发定制了电子扶贫码功能，中国银行各级工会组织可将“扶贫码”作为员工福利，方便员工根据需要自行采购。

这仅是一个开始。“公益中行”正式上线以来，各项功能日趋完善，影响力日渐提升，社会认可度也越来越高，其汇聚的消费扶贫力量也愈加广泛。

2017年9月14日，原中国国电集团举行“公益国电”精准扶贫平台启动仪式暨线上动员会，倡议全系统员工通过“公益国电”参与消费扶贫。此后，越来越多承担定点扶贫任务的国家部委、地方政府、央企等相继入驻该平台，并成立公益联盟。

随之，“公益中行”更名为“公益中国”，各公益联盟单位的子平台则以“公益+单位名称或简称”命名为“公

“公益中行”精准扶贫平台持续发挥消费扶贫作用，拓宽农产品销路

益××”。截至2021年5月，在“公益中国”平台，入驻的公益联盟单位已达63家，累计注册爱心人士311万余人，累计上线销售农产品3.1万种，累计销售金额达5.5亿元，惠及近70万名贫困群众。

当下，“公益中国”的“朋友圈”仍在继续扩大，越来越多的公益力量正在从四面八方汇聚而来，进而形成助力一批

2017年5月，“公益中行”首批助理人洪志锋的示范果园里不仅种上了双矮苹果，樱桃也长势喜人。中国银行扶贫工作队队长王蕾（左四）带队调研，大家一起谋划着更长的产业链。3年后，一个京东云仓冷链物流项目落地长武高速路口的黄金地段

批农产品出村进城的汩汩暖流，涌入贫困山乡，涌入田间地头，涌入贫困群众的心田。

### （二）“脱贫助理人”传递人间大爱

“发展是第一要务，人才是第一资源，创新是第一动力。”“公益中行”平台积极鼓励贫困户以自营模式入驻平台，但在调研中发现，贫困户触网难、文化程度不高、产品选择难、售后难跟进等问题，成为贫困群众网上销售农副产品的“拦路虎”。为解决这个问题，“公益中行”平台创造性地引入了脱贫助理人模式，即由当地政府推荐，优选具有法人资格的农业企业或农民生产合作社作为脱贫助理人。脱贫助理人通过收购贫困农户的产品、租用生产资料、雇用劳动力，通过统一组织、统一包装、统一品牌、统一售价，变农产品为商品，放到“公益中行”平台进行销售，带动贫困群众参与利润分配，形成了“贫困户自营+助理人帮扶+政府支持”的扶贫新模式。这种模式，降低了贫困户自产农产品卖不出去的风险，解决了贫困户网上销售能力不足的难题，保证了平台上产品的质量稳定性和可靠性，维护了爱心人士的合法权益。

“公益中行”平台注册“北四县”脱贫助理人数量在不断增多。他们在贫困户和爱心消费者之间搭起了桥梁，形成了纽带，通过以点带面、以强扶弱，使“公益中行”平台迅速

中国银行帮助淳化县引进食品加工企业，带动贫困人口就业

发展为一个真正能集结社会各界力量，吸引爱心仁心汇聚的扶贫平台。

1. “脱贫助理人”做贫困户产品经营的监护人

在旬邑县太村镇中医药健康产业园内的陕西农趣公司仓储管理中心，随着工人有序忙碌、传输带匀速运转，苹果、小米等各类当地农特产品在此打包装箱。

这里也有着“公益中行”的印迹。陕西农趣公司于2017年6月以“脱贫助理人”的身份参与“公益中行”，设立专区为贫困群众销售、运输农特产品提供服务。2019年，该公司共完成“公益中行”订单20万单。

实践表明，这一模式既帮助不具备网上销售能力的贫困户解决了难题，也让更多企业家、合作社负责人在参与消费扶贫的同时奉献了爱心。

“参与‘公益中行’以后，更提升了自己对扶贫的责任。”陕西农趣公司总经理姜军献表示，这些年除了带领企业助力脱贫攻坚外，他个人还出资10多万元用于捐资助学，为抗击疫情捐款5万元。

“爱心的力量是相互的，在我们困难的时候，四面八方的朋友都在帮咱，以后别人有困难咱们也得搭把手。”陕西农趣仓储运输车间负责整理“公益中行”订单的贫困户刘军芳说，现在她在车间打工，每月都有3500元的稳定收入，而且更切身感受到了全国各地爱心人士对农村百姓的关心。

### 2.“脱贫助理人”，事业发展后更有大担当

张爱玲是土生土长的旬邑人，与丈夫共同创业。张爱玲参加了2016年中国银行组织的到河北富冈学习活动。学习的时间虽然不长，她却收获很大，也感受到了中国银行在扶贫中投入的热情，她至今仍然记得，“中国银行富冈分行把我们当作家人来接待和关心”。

从河北回来后不久，中国银行以特有的速度，在陕西旬邑组织召开“咸阳‘北四县’精准扶贫跨境撮合洽谈会”，

张爱玲跟荷兰、日本的果商进行了交流，打开了眼界；接下来不久，中国银行开始建设“公益中行”（后更名为“公益中国”）精准电商扶贫平台，她成了第一批“脱贫助理人”。筹备平台时的一次座谈让张爱玲深受鼓舞，大家讨论很热烈，不知不觉到了深夜快12点了会议才结束，脚都冻得冰冷，可大家仍然热情高涨。

张爱玲回忆说，为了真正推动农村电商的发展、拓宽贫困地区农副产品的销售渠道，中国银行的领导和扶贫队员们

中国银行组织精准扶贫跨境撮合洽谈会，帮助定点扶贫县引进产业项目

频繁出现于旬邑县的企业、合作社、田间地头、贫困家庭，他们想通过自己的深入调研了解，制定出最适合“北四县”的精准扶贫模式。在深刻了解到“红色马栏、绿色旬邑”的革命老区旬邑的主导优势产业就是苹果产业之后，中国银行向咸阳市提出了建设“咸阳马栏红”苹果品牌的建议，还聚集人力和财力成立专业团队，特邀专家为咸阳马栏红苹果设计专属包装，以旬邑苹果为核心产品，举全行之力拉动销售，马栏红苹果和其他农副产品通过“公益中国”精准扶贫电商平台销售到了全国各地。

张爱玲说：“对于‘咸阳马栏红’苹果的生产经营，中国银行已经做了很多，可是中行人对我们旬邑的帮助还未止步，他们继续跋涉在我们旬邑的每个村庄，崎岖的山路上、沟边的小溪旁、陈旧的窑洞边都时有他们的身影……哪里需要帮助他们就会第一时间挺身而出。在看到我们旬邑苹果遭受冰雹之后变得廉价又无人问时，中国银行主动为旬邑县太村镇新昌村、原底社区赵家村150多亩的果园试点防雹网和滴灌设施配套。”

中国银行在旬邑的一系列扶贫实践，张爱玲看到了，参与了，并且因此而得到成长，“公益应该是我们每个人生活的习惯”。

2020年“新冠肺炎”疫情暴发，张爱玲和其他几位助理人共同捐赠了10万斤马栏红苹果，在旬邑县政府的组织下安全送到了武汉市火神山、雷神山、协和等30多家医院的医务工作者手中，带着“马栏红”，带着旬邑30万人民的祝福，她说：“那里面，也浸透了浓浓的中行情……相信未来在中国银行点点滴滴的深情浇注下，在贫困果农的呵护下，咸阳马栏红苹果会更甜更红。”

中国银行组织开展定点扶贫县农产品展销活动

2020年新冠疫情期间，中国银行组织境内机构积极采购“北四县”农副产品

## （三）改变旧观念，打开新视野

实践中，“公益中行”的成功运营，不但解了农村群众产品滞销的燃眉之急，还改变了一些农户、农村合作组织的经营理念。

“做梦都梦不到，我们的产品还能卖进城，果子摘下来就能卖掉，价钱还比原来高了不少。”旬邑县下魏洛村脱贫户第五振虎有三级残疾，无法干重活。近年来，他通过“公益中行”在网上找到了一片“新天地”，每年增收5000多元。

这并非个例。“公益中行”为非营利性App，对贫困户注册门槛要求相对较低。近年来中国银行与当地政府协作，持续加强对贫困群众发展电商的理念提升、技术指导，让越来越多的农村贫困群众、合作组织开始走上电商发展之路。

“‘公益中国’精准扶贫平台是中国银行站在科技潮头，在互联网背景下的科技创新成果。今后，我们将继续优化模式、丰富功能，为农产品出村进城更好地保驾护航。”“公益中国”相关负责人如是表示。

# 第二章 金融活水浇灌苹果之花

中国银行通过制度创新和机制转型深入参与普惠金融建设，通过加大对贫困地区和贫困人群的信贷投放、引进外部资金等多种手段，为贫困地区发展提供更加多样化的资金来源，不断提升金融服务水平，推动了贫困地区的产业发展和生态建设，以金融活水促进贫困地区发展。

## 一、中银富登：咸阳“北四县”的金融好帮手

贫困地区金融机构短缺、服务能力薄弱是制约产业升级和县域经济发展的难点问题。2006年年底，银保监会发布《关于调整放宽农村地区银行业金融机构准入政策更好支持社会主义新农村建设的若干意见》，以村镇银行为标志的新

中国银行在四个定点扶贫县建立四家中银富登村镇银行

一轮农村金融增量改革拉开序幕。

中银富登村镇银行（以下简称“中银富登”），是目前全国规模最大的村镇银行集团，是中国银行发展普惠金融的成功探索。2018年10月，中国银行利用自身的金融优势，把金融扶贫作为重要突破口，注入资本金1.2亿元，招聘当地员工117人，在咸阳“北四县”均设立了一家中银富登村镇银行。入驻“北四县”两年多时间，四家中银富登专注发展

中国银行投入1.2亿元资本金在四个定点扶贫县设立四家中银富登村镇银行，发挥金融力量，立足县域支农支小，助力当地脱贫攻坚。图为当地群众在中银富登村镇银行办理业务

普惠金融、致力精准扶贫的工作方向，采取“贷款本地化、税收本地化、员工本地化”策略，大力向县域涉农中小微企业、农户投放贷款，提供优质金融服务，成为咸阳“北四县”的金融好帮手，也使得中国银行的精准扶贫手段进一步丰富和加强。

中银富登创建中国银行金融扶贫和助力乡村振兴的重要平台，并努力成为中国银行在县域支农支小、扶贫攻坚的“特种兵”。四家村镇银行设立伊始，便肩负起了服务脱贫攻坚的使命和任务，制定了1234金融扶贫发展战略：

中银富登旬邑行客户经理吴园（左二）耐心为客户答疑解惑

一个核心目标——配合各地政府，全面落实脱贫攻坚任务；

两条基本原则——以“造血扶贫”为主线，以“合规扶贫”为保障；

三大实施板块——定点扶贫、金融扶贫、公益扶贫；

四项工作举措——资源倾斜、科技赋能、创新驱动、制度保障。

四家银行均为法人机构，成立短短两年多时间里，已经成为中国银行在“北四县”定点扶贫的专属服务银行，取得了不错的成绩。截至2020年年末，“北四县”四家银行实现存款合计4.46亿元，存款客户数2.83万户；贷款余额2.94亿元，贷款客户数2968户。四家银行平均不良率仅为0.26%，平均拨备覆盖率为1182.61%，平均拨贷比为3.10%。在推动自身稳健发展的同时，真正实现了存款“取之于当地、用之于当地”的建行初衷。

## （一）上门“支农支小”，促资金要素回流

镜头1——贷款给残疾小伙，他当了脱贫带头人

“飞飞，最近厂子效益咋样啊？”初秋的一天下午，中银富登村镇银行旬邑行行长杜自强高大的身影出现在旬邑县城关镇的咸阳古豳垚彧服饰针织有限公司门口，洪亮的声音寻找着门飞飞。

“杜行长快请进，正打算找您去呢！”门飞飞招呼着，从一台缝纫机的操作凳上跳下，拄起拐，迎接杜自强。

“有什么困难吗？”杜自强关切地问。

“您看我这工作环境，有企业来谈生意，实在说不过去。”环视这个由网吧改造来的制作车间，门飞飞说，“最近有人想和我谈合作，把厂房搬到县工业园区去。那样的话，机器置办、厂房装修，都需要钱。”

“这是好事啊。资金缺口多大?”杜自强问。

“起码还需要贷十几万。”门飞飞说，“我想再买30台机器。”

“行，我们银行贷款、还款方式都灵活方便，看你需要。等额本息还款方式就行，等明天客户经理来给你上门好好算算。”杜自强顿了顿继续说，“飞飞，进了园区以后就要按照现代企业管理了，这种家庭作坊式的管理应该改进或者说是摒弃了。”门飞飞答应说：“当然，管理要上个新台阶。”

门飞飞，旬邑县湫坡头镇门家村人，自小患有软骨病，发育受限，生活不能完全自理。但他有一双灵巧的手，在西安10多年的时间里，更是熟练掌握了服装裁剪和车工制作技术，还学会了机器故障处置及服装厂的经营管理。因此，2017年他选择辞职，回家开了一家“属于自己的服装厂”。

2018年5月，门飞飞在职田镇以10台旧机器起步，注册垚彧服饰厂，在村里招了女工，他工作过的几家服装加工厂同意给他一部分加工订单，厂子很快立住了脚。随着业务拓展，他又萌生了扩大生产的想法，招募生活有困难的员工，让更多的贫困户及和他一样的残障人士拥有一技之长。然而，冲动过后，问题接踵而来：厂房设在哪儿？最根本的问题，资金哪里来？门飞飞跑遍了旬邑县的各个银行网点，由于他的身体情况，没有银行愿意贷给他。即使有一家银行表

中银富登村镇银行工作人员上门为群众办理贷款

达了或可通融的意向，也因高额的利息，让门飞飞望而却步。一筹莫展之时，中银富登旬邑行的帮助适时而至，这真是雪中送炭，让门飞飞无比感动。

在咸阳，虽然中国银行是老朋友，但是一开始中银富登却鲜有人知。在中银富登旬邑行设立之初开展的贫困户走访活动中，门飞飞和中银富登结缘。门飞飞虽然肢体残障，但是他乐观阳光的品格深深感染了中银富登旬邑行的每一位员工。了解到门飞飞的困境，看到门飞飞坚毅的眼神，杜自强满是感慨：

“我们的宗旨就是‘扎根县域、支农支小’，既要服务于脱贫攻坚，也要服务于乡村振兴。”杜自强说，他们采取灵活且适度宽松的信贷政策，在全力做好风险防控、抵押担保等工作的同时，尽最大努力满足基层群众贷款发展产业的需求。

最终，门飞飞从中银富登贷到低息贷款15万元，购入了30台设备。2019年3月，门飞飞位于城关镇的咸阳古豳垚彧服饰针织有限公司正式成立。两处工厂设备40台，雇佣工人40多人，计件工作，每人每月工资1000至3000元不等。“农民生活不容易，像我这样的残疾人和贫困户就更难了。我想通过努力，鼓励和带动更多的人，用自己的双手改变生活。”门飞飞说，他就是要打造这样一个平台，教他们技术，鼓励他们乐观向上，奋斗出好日子。

中银富登要帮助的，就是像门飞飞这样有想法、有闯劲的贫困户。杜自强介绍，现在中银富登实现了线上贷款、线上操作、线上审批，最快可一小时成功放贷，帮用户解燃眉之急。

镜头2——小额贷款，让贫困家庭人欢畜旺

“真的太感谢你们了，这笔贷款彻底改变了我们这个家。”2020年7月份，王文侠再次来到苟志海家进行贷款回访，看到老苟脸上憨憨的笑容，王文侠高兴地说：“他们全家人的精神面貌比以前好多了，脱贫致富的信心更足了。”

王文侠，永寿中银富登村镇银行一名风险管理经理。2018年10月，成立永寿中银富登村镇银行之时，王文侠成为第一批入职员工。2019年2月21日，王文侠跟随客户经理来到了永寿县监军街道干堡村苟志海家，核查贷款申请。这是王文侠这个月以来办理的第13笔业务，而这笔贷款也是她至今感触最深、最有成就感的一笔。

"一进家门，院子里废品乱堆，屋里黑漆漆的，一台破旧的黑白电视机是唯一的家电。"走路一瘸一拐，黝黑的皮肤，佝偻的脊背，感觉风一吹就要倒了似的，这是王文侠对苟志海的最初印象。

苟志海今年57岁，全家3口人，由于夫妻俩身体不好，没有技术特长，生活仅靠他平日收废品和儿子外出打工维持。2014年，苟志海家被识别为建档立卡贫困户。

"当时邻居家女主人得了重病，准备把圈养着6头母猪、3头育肥猪的猪舍卖掉，咱就有了把这个猪舍盘过来经营的想法。可当时手头钱不够，经人介绍，找到了中银富登村镇银行。"苟志海向王文侠等人表明了自己想贷款买下猪舍的想法。

"老苟身体不好，收入微薄，一旦放贷，收得回吗？"王文侠他们最初是担忧的，老苟家许多方面都不符合银行的授信政策，第一次，他们婉拒了老苟的贷款申请。

“原本以为他会放弃申请贷款，但接下来的几天，老苟又多次来银行，一方面寻找客户经理、风险经理，甚至与行长沟通，一方面他已向邻居交了猪舍购买定金——破釜沉舟了。”王文侠说，这出乎他们的预料。几次交谈下来，大家都被老苟的倔劲和执着深深打动。

“我没有什么本事，就是勤快，我相信我能经营好这个猪舍。”苟志海铁了心要养猪的举动，中银富登村镇银行的领导和员工看在眼里，急在心里。恰逢当时永寿中银富登申请的小额扶贫贷款项目“中银富登农政贷”获批了，“农户自由申请、政府基金担保、金融机构放贷、财政全额贴息”是这个产品最大的特点。王文侠和客户经理第一时间把这个消息告诉了苟志海。

苟志海听到这个消息，兴奋得一夜未眠。随后的一段日子，王文侠等人又多次走进苟志海家，收集整理资料，帮助改进猪舍，并送来养殖书籍。

2019年4月26日，苟志海的5万元无息小额贷款审批发放了。而他早早就进入了角色，拉料、喂猪、起粪，老两口浑身是劲。经过近10个月的精心喂养，猪舍的猪一天天长大，母猪繁育的猪崽达到40多头，苟志海打心眼儿里高兴。

2019年12月5日，当王文侠和客户经理再次上门去拜访苟志海时，眼前的景象令他们大吃一惊：亮堂的装修、干净的窗户、崭新的家具，一切都变了个样。“我今年特别幸运，赶上了好行情，小猪崽全部卖完了，毛收入近4万元，圈里还有2头育肥猪、6头母猪。这5万元贷款可帮了我大忙。”苟志海带着王文侠里里外外参观了一遍，满脸的笑容。

苟志海家变了样。装修了房子，添置了新家具，儿子打工稳定，去年年底也结了婚。“从第一次的满面沧桑到现在的笑容满面，从以前的沉默寡言到现在的侃侃而谈，老苟一家人精神多了。”王文侠笑着说，“扶贫贷款不仅让苟志海可以参与到养猪的产业中，更重要的是扶起了他自主脱贫的信心。而一旦有了信心，像苟志海一样的贫困户就会变苦熬为苦干，通过自己勤劳的双手，有尊严地实现脱贫。”

### （二）打通农村金融“最后一公里”，增强金融益贫性

长武苹果成熟以后，张强的陕西全球通电商物流有限公司的快递点愈发忙碌了。员工们敏捷而有条不紊地或核对产品、打包封箱，或粘贴着快递单，连话都顾不上说几句。

“9名工人里6名是贫困户。”张强第一时间介绍起公司吸纳贫困户就业和电商扶贫情况，“公司通过‘快递+快运+物流’的方式，积极推进电商扶贫工作，实现苹果、黄花菜、杂粮等长武农产品的一件代发目标。以公司现有业务，粗略

中银富登村镇银行工作人员上门移动开卡，打通农村金融服务“最后一公里”

估计，线上销售模式可比农民散货销售多20倍。而且，等内（农产品划分的等级内）农产品我们的收购价一般情况下比商贩高0.5—0.7元／斤，等外的我们也尽量收购帮销，县域内的村我们尽量实现全覆盖。”

中银富登长武行小微金融部经理赵文辉和张强是多年的“老朋友”。当资金周转不开时，张强第一时间就会想到他。“本地银行网点屈指可数，工作效率和服务态度，有时候真能急死人。”张强说，做电商，永远不知道自己今天的订单有多大、明天的需求有多少，他没有时间去消磨浪费。“我对资金到位的要求是快又多，这样才能满足正常运转的需要。”

中银富登再次凸显优势，为张强发放贷款50万元。看着收购来的长武苹果堆成的小山，张强觉得，长武苹果红了村民的笑脸，也甜了自己的心。

长武行行长刘方禹介绍说，中银富登是一个“工作效率和人文关怀兼顾”的金融服务机构，数额在规定范围内，按照相关要求，对企业或个人的抵押门槛较其他行适度放低、放宽，尽可能帮他们渡过难关。同时，四家村镇银行也抓住发展农村蓝海市场的机遇，倾斜授信资源，积极推进授信项目差异化审批，提高授信项目的受理效率，为扶贫产业的生产、渠道、销售各个环节提供金融服务，激活了产业持续发展的内生动力。

中银富登长武行三农金融部经理尚秋蓉是个有创意的“90后”姑娘，她策划导演了一部中银富登长武行的宣传小片。这个宣传小片从洪江镇武家沟村养鸡大户樊亚军购入鸡饲料时的急切讲起：2019年4月，场内1万只鸡苗入场了，由于资金短缺饲料迟迟未到位。樊亚军不是本村人，一时很难筹到资金。火烧眉毛的樊亚军通过朋友了解到，中银富登放贷快、服务好、有保障，就第一时间联系了尚秋蓉。资金很快到位，解决了樊亚军的大问题。肉鸡成熟后，樊亚军第一时间还了款。

刘方禹说，小微企业是“六稳”“六保”政策实施中的重要方面，庞大而有活力的小微企业，既能稳定经济增长，又能吸纳大量就业。特别是在县域，小微企业发挥着极为重要的作用。

数据无言，却最有说服力。截至2020年12月末，中银富登长武行客户数已达6028户，各项存款余额达9619万元，各项贷款达8901万元，户均余额10.86万元，存贷比92.53%，发放扶贫贷款1184.03万元，为141户贫困户解决了资金需求。

除了长武中银富登外，其他各县在支持扶贫企业发展中，也结出了累累硕果。淳化海越农业有限公司主要生产矮化苹果，累计带动贫困户就业100人。在为企业办理贷款过程中，扶贫企业没有合格抵押物，也没有足够的银行流水，用传统的贷款产品和流程办理会产生许多问题。针对这一情况，淳化县中银富登主动对接中银富登村镇银行风险部，及时向总部反馈问题。2018年11月成功向淳化海越农业有限公司发放产业扶贫贷款170万元，带动贫困户216人次，有力支持了矮化苹果产业的发展。

旬邑温氏育肥猪养殖小区建设总投资5亿元，计划建设年上市40万头肉猪一体化项目，并配套建设年产20万吨的饲料厂、年出栏40万头商品肉猪的种猪场以及办公大楼、服务部，是一家有实力的农业龙头企业。该企业在下游带动了大量养殖客户，其中有不少是贫困户。旬邑中银富登大力推进与旬邑温氏“公司+农户”业务模式对接，在固定资产投资等领域争揽业务机会，同时批量获取养殖客户名单，目前授信客户3户，总授信额度130万元，现投放额度110万元。永寿中银富登亦与温氏集团正式签订合作协议，预计可提供信贷资金2500万，同时批量获取下游本地养殖客户名单，目前已成功发放贷款7户242万元。

### （三）“北四县”银、政联动，共助乡村产业振兴

“北四县”四家村镇银行因定点扶贫而设立，因金融扶贫而发展。有评价说，“中银富登村镇银行就是咱咸阳人自己的银行”。因此，咸阳市委、市政府和“北四县”各县党委、政府对银行筹建工作以及后续经营，也给予了大力支持，将财政资金、项目资金、扶贫资金主动放到富登银行，仅四家银行成立之初，各地政府就分别用财政存款3000万元支持银行业务发展。同时，在各县的三农项目、脱贫攻坚项目

的对接和推进过程中，各县政府通盘考虑、积极运作，大力推荐介绍中银富登与产业扶贫项目对接，让中银富登和政府的工作融为一体、共同发展，形成了“政府支持村镇银行——村镇银行助力脱贫攻坚”的良性银政联动模式，让“政府——村镇银行——龙头企业——贫困户”的利益联结机制在咸阳市普遍推广。

在淳化县，政府通过招商引资会，将引进企业首先介绍到中银富登淳化行对接业务，县扶贫开发局将“苏陕合作项目”企业清单推荐给淳化行；淳化行与县人社局签订合作协议，以“农政贷”“惠政贷”“民政贷”等信贷产品为依托，建立起覆盖当地贫困人群的信贷产品体系；县农业农村局介绍对接生猪养殖贷款，目前已累计500万元，支持个人客户35户、公司客户10户。目前，“大自然”“罗麻丹”“温氏”等龙头企业都在政府的牵引下与淳化行建立了业务往来。

“对于发展当地经济，带领乡亲们脱贫致富，‘北四县’每位员工都有着与生俱来的使命感和责任感。”中银富登村镇银行党委书记、董事长王晓明说，在我国经济发展进入新常态、金融市场化进程加速的大背景下，广大县域及农村地区金融需求快速增长。作为新型农村金融机构之一的中银富登，经过10年的发展，在业务发展、风险内控、公司治理等方面均打下了坚实的基础，在解决县域农村金融服务匮乏以及融资难和助力精准扶贫等方面也积累了丰富的经验。

发展普惠金融事业是扶贫工作的重要内容，也是“北四县”党委、政府和中银富登银行的共同目标。淳化行以“5321”模式助推扶贫信贷投放，即贷款金额5万元，3年期限，免抵押、免担保，一律实行基准利率。该产品备受贫困户欢迎。在旬邑县，当地政府为旬邑行在各个乡镇政府建立了联系人机制，为下一步普惠金融方面的合作发展奠定坚实基础。

2019年4月，四家村镇银行成功加入银联组织并对外发行银联金融IC卡，方便了客户支付结算及深入营销。中银富登总部持续开展金融技术创新、优化支付结算渠道和手段，通过手机银行、网上银行、移动支付、移动开卡、助农服务站等形式，将最新金融结算技术布放到“北四县”的田间地头，优化了普惠金融服务质量，不断提升当地客户金融服务可得性。同时，四家村镇银行积极开展农业生产大讲堂、金融知识下乡等活动，解决了银行与贫困户之间信息不对称问题，真正把金额服务延伸到了最后一公里。

自开业两年多来，咸阳“北四县”四家中银富登村镇银行较好地落实了“支农支小”的战略定位，在业务实现较快增长的同时，资产质量稳定可控，商业模式可持续。王晓明说，面对新的形势和任务，中银富登将继续依托村镇银行

“扎根县域”的本地化优势，坚守底线、锐意创新，在补齐农村经济短板、帮助贫困地区脱贫过程中发挥更大的功效。

“未来，中银富登的目标是‘敏捷银行’‘开放银行’‘平台银行’‘科技银行’，提升金融科技水平、提升灵敏反应能力，促进服务深度融入县域乡村老百姓的日常生产与生活，打造成服务普惠金融全面需求的智能平台，与地方共创互惠共赢的金融新局面。”

## 二、“1+N”带来乡村经济的源头活水

中国银行在定点扶贫过程中，主动发挥自身优势，将业务发展镶嵌到扶贫工作链条当中，逐步形成了“1+N”金融扶贫新模式。“1”指中国银行集团内部各个机构、各种帮扶力量共同形成统一的帮扶合力。“N”指中国银行扶贫工作队、中国银行陕西分行和中银富登村镇银行等中银集团内部各类扶贫力量，深入咸阳“北四县”各乡镇和田间地头了解扶贫需求，遴选优质扶贫项目，并根据项目属性，分层分类满足扶贫实际需求，多方努力为咸阳“北四县”脱贫攻坚和经济社会发展注入源头活水。

2020年8月，中国银行引进的陕西省最大产业扶贫项目——正大农牧综合示范项目正式投产，一期30万头生猪养殖项目总投资7.52亿元，为1.2万多名贫困群众带来长期稳定收益

## （一）政企共建布局谋篇

中国银行积极发挥集团平台优势，吸引优质客户企业到贫困地区投资兴业，帮助贫困地区产业、企业和产品“走出去”，架起贫困地区与外部对接的桥梁。通过搭建合作帮扶平台、产销对接平台，将发达地区资金、技术、经验优势，

与贫困地区资源、环境、生态优势精准对接，建立多层次、多形式、全方位扶贫协作关系，努力推动优势互补、长期合作，实现多赢的良好局面。这其中，由中国银行撮合引入的正大集团百万头生猪养殖产业项目，无疑是最具代表性的项目之一。

该项目是咸阳市、正大集团、中国银行共同投资建设的扶贫项目，项目采用世界最先进的理念、最高的工艺标准、全自动化生物福利性养殖技术、完整的养殖体系，“种养结合”、粪水还田的有机生态模式，坚持对人友好、对猪友好、对环境友好的“三个友好”，最大程度实现资源的有效利用和生态环境的可持续发展。

该项目既是定点扶贫与金融扶贫的结合，也是脱贫攻坚与高质量发展的结合，更是脱贫攻坚与乡村振兴的有机衔接。中国银行扶贫工作队坚决贯彻中央关于“精准性”的要求，在项目实践中始终坚持调研先行、论证先行。本着扶贫效益、绿色环保的要求，对该项目的实施进行反复沟通和论证，该项目启动以来，先后经历了承租人变更、土地流转停滞和项目超概算等多重困难，历经数年，中国银行初心不改，多方支持，推进项目顺利落地。

该项目作为中国银行跨国引进、大型企业运营、地方深度参与、全产业链布局的重点产业扶贫项目，是咸阳农业高

中国银行充分发挥行业优势和客户力量，积极撮合优质企业到贫困县投资兴业。图为邀请“北四县”政府部门和企业参加重庆2019年中国（西部）“一带一路”跨境投资与贸易对接会

质量发展、全产业链畜牧生产的标志性工程，是中国银行助力咸阳决战脱贫攻坚、推进乡村振兴的又一强大产业引擎。

### （二）跨境合作整合资源显优势

中国银行充分发挥其海内外一体化经营优势，由海外机构，特别是“一带一路”沿线国家和地区的机构邀请有实力、有需求的海外企业前来洽谈，充分发挥国际化、多元化优势，在全球首创“中银全球中小企业跨境撮合服务”，帮助“北四县”企业引进来、走出去，寻找合作共赢机会，做大做强本地企业。中国银行扶贫工作队积极发挥桥梁纽带作用，在总行、陕西省分行、咸阳市及“北四县”企业之间做好对接协调，用好中国银行的跨境优势和客户力量，助力“北四县”脱贫攻坚、持续发展。

2016年，中国银行与陕西省政府共同举办咸阳“北四县”精准扶贫跨境撮合洽谈会，来自法国、意大利等7个国家以及国内8个省份的龙头企业与咸阳地区80家企业举办285场洽谈。2017年，中国银行与咸阳市委、市政府携手在南京、苏州举办“产业扶贫项目推介会”，260余家优质企业参加活动，签约项目36个，计划总投资265.7亿元，为“北四县”增强造血功能，引入源头活水。2018年，中国银行牵线搭桥，特别邀请河北企美农业科技有限公司、邯郸市兆辉生物有限公司等龙头企业来咸考察合作。这样的“撮合”既有效缓解了中小企业融资难题，又实现贫困地区自然资源和各方资金技术优势互补，也延伸了贫困地区农业产业链，加快产业融合，让扶贫产业项目更多分享全产业链和价值链增值收益，不断为贫困地区积累客户资源、技术资源、市场资源。

2019年，中国银行扶贫工作队带领“北四县”招商局及相关企业一同参加了中国银行与重庆市政府共同主办的“2019年中国（西部）‘一带一路’跨境投资与贸易对接会”，现场达成多项中外合作意向：淳化县招商局与毛里求斯

图为“北四县”达成“一带一路”跨境投资与贸易对接会合作意向的企业正在与外方签订合作协议

SUNLIMITED公司就定制家居与淳化县家具加工产业园区合作，陕西国仁健康生物科技有限公司（旬邑）与匈牙利EgriKoronaBorhaz公司就保健品业务合作，咸阳天丰农业科技有限公司（长武）分别与俄罗斯Kuban-VinoLTD公司、重庆汇达贸易公司就苹果出口合作，成果丰硕。近年来，在中国银行的撮合下，陆续有蒙驴牧业、绿平果业、鹏远肠衣等公司在咸阳投资建厂，有力促进了咸阳市产业结构优化升级和加快发展。

跨境合作，整合资源给中国银行带来了很多启示：

一是找准合作方，探索扶贫新模式。在项目实施中，政府、银行、企业、项目公司可共同努力，探索出四位一体的“投贷联动”多元化金融扶贫新模式。

二是找准发力点，引领精准扶贫新路子。推动乡村振兴，推动农业现代化，说到底就是助农村所要，帮农业所求，解农民所难。帮什么、怎么帮，只有立足实际，因地制宜，拓宽思维，谋划设计，才能引导群众走上高质量的种养殖致富道路。

三是找准切入点，开展内源性脱贫工作。据统计，因病致贫、因技术劳动短缺和资本短缺致贫分别占据贫困原因的20%以上。人力、技术和资本的缺乏以及过去失败的经历让贫困群众存在不安全感，种种原因使得内源性的脱贫工作难以开展，因此，在科技方面，重点是将技术产业化，即要将技术转换为扶贫项目方案并应用于扶贫工作之中。在项目选择上，根据当地气候、地理条件以及农业发展现状，突出强调本地特色，积极开发一些市场前景较好、适销对路，又能够产生经济效益的农产品。同时，在项目实施前做好相关基础设施保障，注重对贫困村百姓开展知识技能培训，以降低项目实施过程中的人为风险，保证方案顺利实施。在政策上，要加强扶贫小额信贷、扶贫再贷款等方面对贫困户的金融扶持力度，也可采取税收减免等激励政策，降低生产成本，增加产品附加值，从而提高市场竞争优势。

### （三）聚焦精准快，破解信贷可得性难题

在积极助力咸阳“北四县”脱贫攻坚过程中，中国银行陕西省分行发挥自身优势，出台授信政策，倾斜信贷资源，创新金融产品，有效发挥了金融扶贫生力军的作用。

优化信贷投放流程。中国银行总行制定了《关于提高普惠金融条线发放审核效率的通知》，进一步优化“信贷工厂”业务流程，加强县域贷款投放，提升审批时效。包括：简化信贷提案资料，取消部分上报资料，修订信贷提案版本，加快上报效率；精简流程，对以银行承兑汇票质押、存单质押类低风险业务，简化上报流程；加快审批流程，在风险可控前提下从贷前、中、后全方位进行流程再造，积极推行“T+5+3+2”的中小企业授信审批机制；配套梳理发放审核流程，建立了合同审核、提款审核、支付审核“三合一”的快速审核模式，大大提高了发放审核业务效率。

创新扶贫贷款产品。中国银行陕西省分行根据陕西省自有资源、产业环境等情况，因地制宜支持贫困地区特色农

业，支持地方特色产业扶贫产品的推广和创新，助力撮合落地项目，助推贫困地区产业发展。分行持续加强与省市县各级担保机构的业务合作，探索“农担+银行+扶贫”模式，共建助农扶贫服务。发挥特色，通过“苹果贷”“椒商贷”和“果商贷”，加强对经济薄弱环节服务，助力产业扶贫。2019年，分行结合中国银行总行下发的“中银惠农通宝”服务方案，根据陕西地区农业产业特点和类型制定差异化授信政策，细化陕西地区服务方案，针对企业主营业务具有明显淡旺季及周期性的授信企业，合理设置贷款期限，采取“用款旺季批量投放、回款旺季集中回收”的定制化授信方案，结合借款企业债务偿付能力和贷款资金用款规模，采取“信用+抵押”“信用+保证”组合授信模式，支持陕西信誉良好企业和农业合作社发展。

加大扶贫信贷投放。根据《中国银行关于发送公司类扶贫贷款业务指引》，该行指导全辖区精准扶贫业务发展，推动2020年金融精准扶贫信贷新增超过5亿元，重点抓好产业扶贫贷款、项目扶贫贷款及扶贫小额信贷等产品，以满足贫困人口生产、经营和生活需求。为了破解咸阳“北四县”革命老区经济薄弱，基础设施较差的难题，中国银行陕西省分行积极开辟扶贫金融绿色通道，为大唐彬长发电有限责任公司提供18年期10亿元的固贷支持，为长武县正通煤业有限公司提供8年期10亿元的固贷支持；加紧推进长武县重点水利项目亭口水库25年、8亿元固贷的提款程序……这些举措都为咸阳“北四县”基础设施建设提供了有力的金融支持和保障。

明确绩效考核导向。2020年，分行把金融精准扶贫贷款纳入对二级机构及公司业务条线的考核。机构考核分数中，扶贫贷款考核指标被归入社会责任类指标范畴，有效激发了辖内机构支持扶贫项目的主动性和积极性。同时，按照人民银行《关于2019年金融机构金融统计制度有关事项的通知》要求，通过加强统计制度培训及日常监测分析，指导分支行做到精准识别，相关证明材料有据可查、翔实可靠，严禁弄虚作假，确保客观真实反映精准扶贫贷款数量和成效。

中国银行陕西省分行、中银富登村镇银行和中国银行扶贫工作队等中银集团内机构积极横向联动，制订《中国银行陕西区域综合经营联席会工作方案》，探索打造客户互荐、业务互补、信息共享的“中行+富登+扶贫”的内部融资新模式。通过召开产品推介会、客户座谈会，制订行司联动综合服务方案，先后联动支持了麦克斯农业、天丰农业、农趣电子商务、绿之林农业、陕西汉得兴生物科技有限公司等一批重点扶贫企业，解决了中银富登授信额度较小、无法满足企业实际需求的矛盾。

中国银行扶贫工作队着眼于金融产业扶贫的立体化和多元化，针对不同企业、不同项目实行具体可行的金融支持措施。例如，对于有融资需求的优质小型扶贫项目（融资需求200万元以下），可由中银富登跟进支持。对于有融资需求的中型以上的扶贫项目（融资需求200万元以上），一方面，可由中银富登推荐到中国银行陕西省分行申请授信资金；另一方面，也可以推荐到中国银行扶贫工作队，申请部分无偿援建资金。通过不同方式的组合，可以全方位、多层次满足扶贫项目需求。

**镜头1**：中国银行在咸阳“北四县”开展的多个产业扶贫项目，四家村镇银行积极与其中20余个项目对接，寻找业务合作机会，并在多个项目上实现了突破性进展。

**镜头2**：2019年，中国银行陕西省分行和中银富登通过银团贷款新模式为永寿地区陕西汉得兴生物科技有限公司提供200万元贷款支持，其中中国银行陕西分行普惠贷款130万元，中银富登村镇银行70万元。

**镜头3**：四家中银富登强化与“中益善源”合作，做好与当地219位脱贫助理人联系沟通，实现优势互补，客户共享，不断拓宽扶贫信息渠道及客户拓展平台，有效解决贫困户和带贫户销售、融资需求。

**镜头4**：中国银行扶贫工作队与长武中银富登村镇银行

2016年12月，中国银行援建的淳化县固贤中心上常社村香菇大棚建设项目。中国银行援建资金45万元，用于新建香菇生产大棚补贴，每棚补助5000元，建设90座大棚，受益贫困户45户，每户每年享受分红2400元

密切联动，为长武县农业龙头企业咸阳天丰农业科技有限公司总投资1100万元的京东云仓·西北农产品加工扶贫项目提供入股援建资金445万元，并给予授信支持70万元，不仅满足了企业项目建设的资金需求，而且每年将为企业所在乡镇的406户贫困户分红26万元，成为“金融+扶贫”有机结合的生动案例。

## 三、金融创新的魅力

### （一）新发展理念确保种植零风险

对于广大苹果种植农户而言，苹果价格的市场波动是压在他们心口上的一块大石头。对于咸阳“北四县”这样霜冻、冰雹等自然灾害频发的渭北旱塬地区，一场灾害往往意味着颗粒无收。而即便苹果丰产了，“丰产不丰收”的窘况也经常让忙碌一年的农民倍感痛苦失望。如何将这些问题的影响降到最低呢？中国银行扶贫工作队想到了苹果“保险+期货”项目。农产品价格保险（保险+期货）作为服务“三农”的重要举措，已经连续五年写入中央一号文件。随着苹果期货上市，苹果期货在发挥市场价格方面的作用开始凸显。为使苹果种植大户和相关企业进一步了解并参与到苹果期货市场，增强咸阳“北四县”苹果产业的发展后劲，有效化解苹果市场价格波动对种植户和企业的冲击，中国银行扶贫工作队在永寿县先行先试，探索推出了咸阳市首单商业性苹果“保险+期货”业务。

2019年，经过扶贫队员、永寿县挂职副县长万蔚的对接，中国银行扶贫工作队特邀请银河期货、南华期货选派专业人员，专程来到永寿开展苹果“保险+期货”专业知识培训。苹果“保险+期货”，即果农向保险公司购买苹果期货价格保险产品并支付保险费，保险公司通过期货公司购买相关的期权，转移保险公司赔付风险，期货公司通过期货市场复制期权对冲风险。培训活动涉及各镇办、果业中心、苹果合作社及苹果种植大户等70多个单位、企业和农户专业知识培训，使干部群众增长了知识、开阔了眼界，增强了用新理念、新方法发展壮大苹果产业的信心和决心。

苹果“保险+期货”项目在筹划过程中，因为没有申请到郑州商品交易所政策性扶持项目资金，资金问题就成了项目实施的主要难题。在得知这种情况后，中国银行永寿县挂职副县长万蔚积极联系协调，中国银行总行及时伸出援手，向该项目投入无偿资金25万元，解决了项目资金难题。

中国银行扶贫工作队和人保财险永寿支公司、县果业中心紧密接洽协商，深入沟通交流，制订项目落地方案，由人保财险永寿支公司负责承办“保险+期货”项目，对永寿县500户贫困户种植的苹果进行承保，有效化解市场价格波动给农户种植带来的风险。该项目惠及6个自然村148户（其中贫困户140户），交易额1000吨。

为确保苹果“保险+期货”项目的实施效果，县果业中心和人保财险永寿支公司随时关注苹果期货市场变化，准确掌握各方面信息。根据此项要求，人保财险永寿支公司指定专业工作人员，与永安期货公司成立专项工作小组，专门负责关注郑州商品交易所苹果市场波动情况，每日紧盯盘面价

2020年6月，中国银行扶贫干部、长武县副县长庞志远在丁家镇张代河村调研甜瓜种植项目

格，每周至少向项目组上报一次苹果期货市场动向，并在10月中旬苹果期货价格低于合同价格之后，提前启动相关赔付准备工作，有效保护了贫困果农合法利益。

2020年11月21日，在保险期限到期后，人保财险永寿支公司第一时间联系永安期货公司，锁定最终交易结算日价格为7100元／吨，比保单约定目标价格7438元／吨下降338元。按照保险合同约定，赔偿金额应为33.8万元，平均每亩赔付676元，每户平均赔款2269元。12月5日前，全部项目赔付款项全额支付给所有参保果农，切实保护了贫困果农合法利益。

在该项目中，中国银行发挥金融优势，将金融板块保险和期货两大工具有机结合，为永寿苹果产业发展提供了先进的保障方案，有利于保障农户丰产丰收。同时，金融衍生工具也在抵御农产品价格波动的过程中发挥了稳定器作用，为贫困地区农业产业持续稳定发展提供了金融保障。

### （二）爱心保险为农民解忧纾困

为了进一步减轻贫困群众的生活负担，切实发挥保险在脱贫攻坚中的保驾护航作用，中国银行上海分行发挥上海要素市场和金融机构集聚的优势，联合上海保险交易所和咸阳市人民政府共同推出了“爱心中行”保险服务方案，通过金

2019年，遇到霜冻灾害，咸阳“北四县”农作物及经济作物大范围受灾。中国银行快速审批160万元投入扶贫救灾工作

融、保险的杠杆效应，积极探索医疗保险扶贫新方式。2016年以来，中国银行上海分行连续4年每年向咸阳市人民政府定向捐赠200万元，为咸阳市“北四县”建档立卡贫困人口购买意外门急诊、意外住院、意外残疾、意外身故等保险产品。“爱心中行”保险项目自实施以来，累计保障355589人次，其中最大年龄105岁，最小年龄不满1岁，累计理赔

7975件。“从苹果树上掉下来也能赔”，项目以其覆盖面广、投放精准的特点，被当地基层扶贫干部称为“一款有温度、有情怀的产品”。

2018年—2020年，中国银行牵线搭桥，主动与中国扶贫基金会积极对接，引入“顶梁柱健康扶贫公益保险项目”，为旬邑县、长武县、永寿县18—60周岁的建档立卡贫困群众每年投入保险资金220余万元，提供了目录外住院费用补充医疗保障，切实减轻了贫困户自付费用负担，降低了因病致贫、因病返贫的发生率。

镜头1：“爱心中行”保险，为车祸致残农民解忧

咸阳旬邑县贫困户吕会霞对媒体记者说：

“2019年2月的一天下午，我骑着家里的三轮车去地里干活，路上突然遇到了车祸。当我睁开眼时，自己躺在医院的手术床上，左腿缠着纱布，没有一点知觉。我的腿怎么了？还能走路吗？家里没有钱，怎么治病？我当时真的都傻了……后来全家东拼西凑，也没能凑够治病的钱，还欠了不少债，我整天偷着抹泪，不知道咋办好。

“6月初的一天，刚吃过早饭，两个利索的年轻人走进我的家，坐在炕沿与我拉家常，掀开被子看我腿上的伤，问我花了多少钱，还有啥困难，没有一点嫌弃我们的样子。他们

2020年10月国家扶贫日前夕，"爱心中行"保险项目云研讨暨保单发放仪式顺利举行，中国银行出资，连续4年为扶贫县12万建档立卡贫困人口捐赠意外保险

走了后，村上干部跟我说，他俩是中国银行在我们县挂职的许县长、吴县长。他们说，我的病可以申请'爱心中行'保险赔付。十几天后，'爱心中行'保险的理赔资金真的收到了，他们还送来了爱心电动轮椅，我做梦也没想到，自己能遇到贵人。现在，我领着残疾补助，坐着中国银行捐的电动轮椅，理赔的钱也帮我还了债。逢年过节，许县长、吴县长都过来看我，还帮我在上海的女儿介绍对象，像我的亲人一样。中国银行的扶贫干部们，就是我们一家子的恩人，是他

2019年中银三星人寿在“北四县”开展“爱之翼”扶贫行动：为“北四县”捐赠25辆电动轮椅、280辆轮椅、280件坐厕椅，帮助当地残障人士改善生活品质，为残疾人打开幸福之门

们给了我生活的新希望。”

镜头2：“顶梁柱保险”为重病农民纾困

咸阳淳化县王飞说：“我叫王飞，患有慢性肾功能衰竭，先后在咸阳市第一人民医院和西安交通大学第一附属医院就诊治疗，治病花费了家里37万余元，经过医保扶贫‘三重保障’制度报销后，中国银行引进的顶梁柱公益保险项目又为我报销了3.7万多元，减轻了家里的经济压力。感谢党的好政策，感谢中国银行这个好项目，让我重新挺起了脊梁！”

## 四、亮出扶贫“国际范儿”

中国银行广泛利用海外机构分布在60多个国家和地区的丰富资源，依托全球化、多元化平台优势，利用全球网络拓宽资金来源，不仅将国外先进医疗、养殖等技术带到贫困地区，汇聚全球资金、技术、人才助力脱贫攻坚，而且将中国智慧和中国声音传播到了世界各地，有力提升了中国的国际形象和世界影响力。

### （一）积极推动国际化引医、引技

中国银行加拿大分行积极推进实施了“白求恩走进咸阳”医疗扶贫项目，邀请8名加拿大顶尖医疗专家赴“北四县”，现场提供手术指导，开展专题培训，搭建起了贫困地区与国际先进地区医疗沟通交流的新平台。中国银行卢森堡分行特邀卢森堡农业协会会长和技术专家现场培训指导，将欧洲畜牧养殖经验带到贫困地区。2018年4月，咸阳地区发生大规模霜冻灾害，中国银行法兰克福分行立即行动，捐资帮助群众开展生产自救，支持果树下种植螺丝菜等替代产业，尽可能把损失降到最低。通过各种形式的海外专家培训，帮助

2020年10月，国家扶贫日“爱心中行”保险项目云研讨及保单发放仪式成功举办

“北四县”的农业和医疗行业从业者打开了视野、提升了水平，收到了良好的效果。

中国银行总行连续两年实施“彩虹桥”中美学生交流活动，安排50名定点扶贫县贫困学生赴美学习交流，帮助学生开阔视野，树立改变贫困面貌的信心，增强综合素质，提升就业能力。组织“北四县”音乐教师赴海外游学，其中音乐教师游学项目开展后，淳化县中学成立了“荷之声”合唱团，由陕西省推荐参加第三届“央音”全国青少年艺术展演2019全国总决赛，并斩获金奖，激发了贫困学生全面发展的志向。2019年8月，中国银行总行组织定点扶贫县40名品学兼优的贫困学生到北京参加冬奥夏令营活动，让“更快、更高、更强”的奥林匹克格言在青少年心中生根发芽。2021年，中国银行总行组织50名定点扶贫县学生参加冰雪冬令营，拓宽贫困山区青少年视野，激励他们自强不息、奋发进取，完成人生最美好的蜕变。

### （二）国际化项目传播中国扶贫故事

2016年中国银行成功举办了“乐善济贫百年相承”慈善

中国银行发挥国际优势，邀请加拿大白求恩医疗队专家为定点帮扶县医务工作者传授诊治技术

活动，广邀国内外嘉宾，通过拍卖筹集慈善款3232万元，成立中国银行慈善基金会，专项用于咸阳“北四县”扶贫公益事宜。2017年中银“北四县”助学奖教基金由中银香港和黄廷方慈善基金有限公司、世茂集团、卢文瑞先生等香港慈善机构、爱心人士共同设立，共计2000万元港币，每年资助4个贫困县的孤儿学生、残疾学生和贫困学生，奖励扎根乡村的优秀教师。2019年，伦敦金融城经过精细遴选，为枣园九年

2021年1月，中国银行组织50名定点扶贫县学生参加冰雪冬令营，拓宽贫困山区青少年视野，激励他们自强不息、奋发进取，完成人生最美好的蜕变

制学校援建多功能厅，实现了在中国首笔慈善捐赠项目的成功落地。

两年过去了，长武县人民医院心内科主任尚保军还记得加拿大白求恩医学发展协会专家詹姆斯·斯旺（James Swan）和圣地亚哥·卢纳（Santiago Luna）到院交流的情景，那是尚保军在院接待的第一批外国专家。理论培训后，几位专家一起到住院部问诊患者，认真查看了心梗患者巩巧玲的心脏超声波图，提出了有针对性的建议，还穿上手术服，走入手术室，对多台手术进行了现场指导。国外同行渊博的专业知识和丰富的临床经验，拓宽了长武县大夫们的视野，特别是他们将仪器作用发挥到极限、用更节约的手术成本取得同样成效的做法，给在院大夫留下了深刻的印象。

从1929年11月在英国伦敦设立首家海外分支机构开始，中国银行海外机构已遍布全球60多个国家和地区。动员国际力量参与扶贫，是中国银行汇聚各方力量参与扶贫的又一个探索。

中国银行伦敦分行作为中英商会的会长单位，2018年邀请伦敦金融城市长特使John Mclaim先生一行，万里迢迢奔赴长武县，在一个寒冷的冬季翻山越岭，顶着初雪，来到长武县枣园学校。一路上，他们从中国银行扶贫工作队队员流利的英文中了解到什么是精准扶贫，什么是中国扶贫的力

中国银行成功接洽英国伦敦金融城向长武县枣园学校捐赠资金，用于改善教学条件

量。他们不断在笔记本上记录着，啧啧感叹着：“So well organized!”（“组织得真好啊！”）回到伦敦，他们把这些感受变成了宣讲的PPT，在很短的时间内募足资金，投入到枣园学校建设多功能教室。合唱、舞蹈、演讲……孩子们有了一个国际化的小舞台！枣园学校校长的办公室里，珍藏着一封英文信函，信的那头，是大西洋的彼岸，而连通的桥梁，就是那个他们熟悉得不能再熟悉的名字——中国银行。

中国银行扶贫工作队专门编写了《扶贫减贫英文手册》，

向世界推介中国扶贫的经验做法。

通过这些国际化项目，中国银行成功将中国扶贫故事传播到了世界各地，也通过细致扎实的工作，在全球客户中进一步树立了中国银行担当社会责任、追求卓越的形象。同时，通过这些国际化项目，也让世界各国更多、更全面地了解了中国脱贫攻坚事业取得的伟大成就，彰显了社会主义制度的优越性，更直观地看到了中国为全球减贫事业做出的巨大贡献。

金融扶贫不是扶一时之贫，而是要参与消除绝对贫困、解决相对贫困、实现美好生活的全过程。下阶段要进一步聚焦巩固脱贫成果、全面推进乡村振兴的重点任务，谋划先手棋，打好主动仗。中国银行保持扶贫政策相对稳定，做到“扶上马，送一程”，不摘责任、不摘政策、不摘帮扶，完善金融支持乡村振兴的政策供给，继续支持相对贫困地区发展，协助当地政府从根源上消灭返贫和新发生贫困的土壤。同时千方百计发展产业，聚焦农业龙头企业、扶贫示范合作社和新型农业经营主体等，因地制宜支持贫困地区产业发展。继续加大支持低收入群体就业，把就业帮扶作为扶志又扶智的重要手段，支持扶贫企业发展壮大，加大对相对贫困人口的雇用和帮扶，支持相对贫困人口提升自我发展能力。

中国银行还将全力以赴接续服务乡村振兴，加强涉农政策资源保障，推动建立完善多层次、广覆盖、可持续、有创新、风险可控的现代农村金融体系，支持乡村经济社会全面持续发展，帮助群众进一步走向富裕。

# 第三章　品牌塑造——苹果的不平凡之路

在苹果产业内有这样一句名言——“世界苹果看中国，中国苹果看陕西”。在全国20多个主要苹果产区中，黄土高原地区及环渤海地区为两大主产区，这两个产区的种植面积、产量与产值均占据全国头部地位。而咸阳是陕西苹果的主产区，每5个陕西苹果中就有一个来自咸阳，其中，尤以“北四县”（永寿、旬邑、淳化、长武）的苹果为最佳，具有绿色生态、色泽艳丽、脆甜多汁、风味浓郁等特点。但是，长期以来咸阳苹果没有自己的品牌，在市场上的认知度不高，使得终端消费客户对苹果品质和苹果认知出现严重混淆，以至于苹果产地与市场连年形成价格倒挂，从种植源头到销售终端各个环节利润微薄甚至持续亏损。苹果品牌化发展已成为解决产业难题的重要突破口。

为了实施果业产业品牌战略，2013年咸阳市委市政府就决定将“咸阳马栏红”苹果作为公共区域品牌培育。经过中国银行扶贫工作队与当地政府和村民的不懈努力，“咸阳马栏红”苹果生产水平不断提高，果品品质逐年提升。2017年9月，成功注册“咸阳马栏红”苹果地理标志证明商标，这是咸阳市唯一一件跨县域注册保护的地理标志证明商标，涵盖了咸阳北部五个县域，惠及百万果农。从此咸阳优质苹果正式有了一个统一响亮的品牌——“咸阳马栏红”。

品牌影响力不是一天两天就能形成，也不是在媒体上喊一喊就能被消费者认可的，所涉及的因素非常多，中国银行在帮助咸阳苹果创品牌方面，就是要走出一条具有时代特色、彰显地域文化的独特之路。

## 一、大力助推品牌强农战略

实施品牌强农战略，是深化农业供给侧结构性改革、推动农业高质量发展的内在要求，是贯彻新发展理念，提升农业效益、增加农民收入的重要手段，是适应消费结构不断升级、提升农业品牌化国际竞争力的迫切需要。中国银行固本守拙，坚持在精准度、创新力、绣花功、持续性上下功夫，实施品牌强农战略，做大做强农产品品牌。

### （一）多头并进，走出“农产品品牌”困境

“有产品无商品”是咸阳农产品曾经的困境，“有商品无品牌”则是现在的困境。中国银行筹划助推区域性特色农产品品牌“咸阳马栏红”建设，帮助咸阳走出“农产品品牌”困境。

中国银行支持贫困群众发展农业产业，实现稳定脱贫。图为旬邑县“咸阳马栏红”苹果喜获丰收，贫困群众在采摘苹果

2020年11月，第三届中国国际进口博览会在上海开幕。“咸阳马栏红”苹果资料也随中国银行走进了全球客商的视野

### 1.唱好品牌宣传重头戏

中国银行累计投入1300余万元在央视、今日头条等媒体投放“咸阳马栏红”等农产品广告，在全国主要媒体上打响“马栏红”的品牌。同时积极推动“咸阳马栏红”参加大型商品展览会，提升品牌影响力和市场认知度，加大产销对接力度，助力咸阳当地扩大消费扶贫。

在第三届中国国际进口博览会上，中国银行充分发挥进博会战略合作伙伴优势，针对“咸阳马栏红”苹果区域公共品牌开展了全方位宣传推介活动，在中国银行主办的跨境撮合会现场、中国银行展厅、会展中心支行、便民服务台、上海分行各营业网点摆放“咸阳马栏红”苹果，布置宣传展板，滚动播放视频；在新华网丝路会客厅接受专访、阿里直播间带货；通过央视流动巡游直播车实现“咸阳马栏红”与上海市民面对面……一系列丰富多彩、形式多样的活动，有效提升了“咸阳马栏红”苹果市场知名度和影响力，引起社会各界强烈反响。

2.夯实农业品牌化建设的基础

为了深耕长远、引导群众发展高品质种植业，中国银行扶贫工作队还在2019年创新性地研发了果园农资工作站项目，以引导群众走高品质种植之路为目标，在旬邑县下皇楼村和义井村试点工作站开展高品质种植，在精细化土壤检测的基础上，根据不同的土壤制定不同的配方，使用高品质的农资产品，改良土壤结构，配合田间技术培训，以科学的方法提升苹果质量。项目实施后，村集体工作站也通过专业的推广获取集体收入，村集体经济“空壳村”变成了“实力村”，果农的苹果无论是品相还是口感都有了明显提升，原来的落果树变成了“摇钱树”，真正实现从种植到消费、从田间到饭桌、从脑袋到口袋的良性循环。

### 3. 合力抗疫，销售网络创佳绩

2020年年初，受疫情影响，果农果商积攒了大量苹果堆积在库中。中国银行迅速开展了一场助销接力赛，总行直接动员需求，扶贫工作队对接货源先后销售疫情滞销苹果170万斤。特别是中国银行购买20万元的“马栏红”苹果捐赠给武汉一线的医务工作者，既助力抗疫，也助农销售。

中国银行积极动员境内机构采购定点扶贫县因疫情影响而滞销的苹果

同时，中国银行与大槐树村村集体电商、合坤、德盛源等咸阳马栏红品牌推广企业合作，发挥“公益中国”消费扶贫平台作用，创建“咸阳马栏红真心好吃”销售专区，从地理优势、苹果管理、口感风味等方面宣传推广咸阳马栏红苹果，搭建贫困地区农产品销售桥梁，帮助企业快速打开市场，助力“北四县”苹果产业发展取得了良好的效果。

## （二）积极培育新型经营主体

通过强化政企合作，增强以“马栏红”品牌为代表的咸阳农产品品牌在知名电商平台和社群电商的影响力，探索品牌推广新路子。

### 1.探索村集体电商推广品牌模式

淳化县大槐树村建立电商和快递服务站，销售额超过2000万元。在“助力抗疫、中国‘苹’安”消费扶贫活动中，不仅销售额可观，而且探索出“价格公平协商、品质赢得口碑、利润留存集体”的消费扶贫新模式，创造了好评率99.99%的纪录。目前淳化县大槐树村正在探索村集体电商联盟的共同发展机制，已经与河南省吴沟村、淳化县铁王村等十余家村集体签订合作协议，建立村集体发展乡村联盟，以“诚信第一、互惠互利、相互支持、携手发展”为原则，通

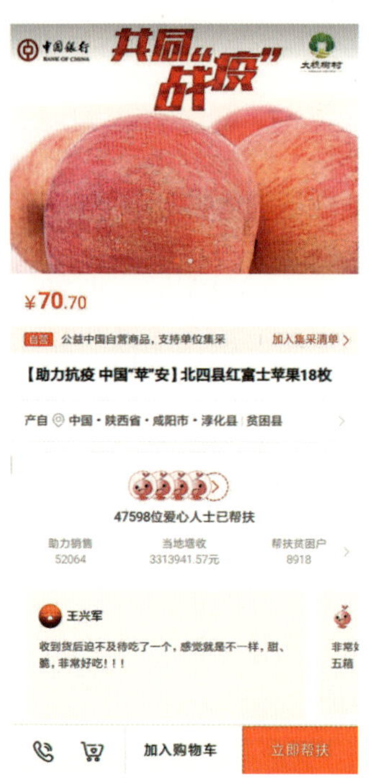


疫情期间，“公益中国”发起“助力抗疫，中国‘苹’安”活动，帮助咸阳“北四县”缓解苹果滞销

2020年3月，王剑峰开展“助力抗疫、中国‘苹’安”消费扶贫项目调研。该项目是由中国银行发起，大槐树村集体电商承接的帮助咸阳“北四县”解决苹果滞销的消费扶贫活动。活动历时45天，大槐树村集体电商保质保量完成发货16.5万件，实现销售额1000余万元，惠及贫困户1000余户，提供就业机会5000余人次，平台好评率接近100%

过整合优化乡村资源，建立长期、稳定、良好的合作关系，大力发展村集体电商，进而推动一、二、三产业融合发展，巩固发展脱贫攻坚成果，共同推进乡村振兴工作。

2. 凸显品牌蕴含的亲情感召力

陕西出好果，好果出陕西。淳化县返乡创业大学生刘阿娟一手创办的苹果品牌——“爸爸的苹果”，主打天然成熟好苹果，认准品牌定制农业。140多道工序种出的苹果，绿色、天然，基地直供，被一线城市高端客户追捧。年轻人种苹果，中国银行认准这是未来农业的样子，非常看好像刘阿娟这样的年轻人返乡创业的干劲与想法。通过必要的资金和指导，帮助刘阿娟这样的年轻人打破产业发展“瓶颈”，激发出新的增长点。

“爸爸的苹果”采用O2O模式，去掉了传统苹果销售的中间环节，果农和消费者“面对面”。在产品规划上，刘阿娟和村民建立合作社，一方面扩大规模，统一管理；另一方面为了保证更加绿色生态，对土壤做有机转化，同时，在淳化九顷塬创建“因果在山”生产基地，实现苹果标准化、规模化发展。刘阿娟还以微信公众号为依托，集销售、宣传、互动为一体，创建“老爸疯啦”“买苹果”和“村上日记”三个板块，生动地将苹果销售、果农生活、田园日记、消费者互动串联起来，提升了产品的文化属性，为咸阳农产品品牌化建设提供了新的思路。

### 3.带领企业“走出去”，营造扶贫生态圈

2020年6月19日至20日，中国银行扶贫工作队积极组织参与咸阳市组织的“共享集市+消费扶贫”活动，两天时间，由大槐树村带领村集体电商及其4家“合伙村”、11家“北四县”脱贫攻坚一线企业，参展扶贫产品60余种，累计销售7.43万元；同年9月17日，组织“北四县”村集体电商和部分扶贫企业参与“第三届中国食品产销与电商大会”，现场签约3.31万元，宣传品牌，销售产品，对接苏宁、京东等平台，推动咸阳地区扶贫企业“走出去”，扶贫产品“销出去”，积极与扶贫企业共建消费扶贫“生态圈”。

## （三）提升产业价值，深化品牌建设

深秋时节，渭北黄土高原愈加苍茫辽阔。走进旬邑县，到处是“方圆百里胭脂霞，村村户户果香飘”的喜人情景，田间地头弥漫着丰收的喜庆气息。

“我家的3亩果园，今年套袋8.8万个，按现在的市场价来算，收入超过12万元没有问题。”2020年10月，太村镇刘家村果农刘印虎正在自家果园里采摘最后几棵树上的苹

果，繁茂的枝头上绿叶红果相映，煞是喜人。然而谁又能想到，同样是这3亩地，在3年前却是另一番光景：那时刘印虎想尽各种办法，商品果率总是达不到预期，产量产值不理想，每年收入只有五六万元。

“自从加入县苹果产业协会，按照旬邑‘马栏红苹果’种植标准，从技术到管理进行改良提升，苹果的品质和产量都有了很大改观，不仅收入翻了一番，生活也像苹果一样甜。”说起苹果产业给自己带来的实惠，刘印虎喜不自胜。

种出好果子，卖上好价钱，一年光景一番新，在旬邑县像刘印虎这样依托“咸阳马栏红”苹果发家致富的果农比比皆是，苹果产业成为当地农民脱贫致富的主导优势产业。但在精准扶贫之前，由于一直以散户种植为主，形不成规模，品牌效应不明显，果农收益受到了很大影响。

提升产业价值，必须打好品牌战。为此，中国银行扶贫工作队与咸阳市政府相关部门明确了苹果产业的品牌战略，充分发挥“咸阳马栏红”品牌的引领作用，全力促进苹果种植结构优化、效益提升，全面做大做强苹果产业。2018年，咸阳市颁布并实施了《“咸阳马栏红”苹果标准综合体》，全面实施标准化生产，从产地环境条件到苗木质量标准，从乔砧栽培技术规程到矮砧栽培技术规程，从绿色有机生产技术规程到投入管理等，全方位确保“咸阳马栏红”苹果生产有标可依，全力实现“咸阳马栏红”苹果标准化生产，苹果产前、产中、产后各环节都有技术标准和操作规范，苹果生产标准化程度大幅提升，苹果品质不断提升。

有了这样的基础以后，随着品牌战略的推进，全市绿色、有机、GAP（良好农业规范）苹果产地认定、产品认证和产地可追溯制度建设步伐加快，苹果质量安全水平不断提高。同时，咸阳市北部五县市苹果产业优势得到充分发挥，品种结构不断优化、种植模式不断更新、政府政策和资金支持不断加大、社会资金不断融入，各类生产要素不断向优生区聚

中国银行积极探索消费扶贫新模式，支持定点扶贫县电商发展，努力打造贫困县农产品自有品牌，提升农产品附加值。图为淳化县大槐树村贫困户正在装箱“大槐树”牌农产品，脸上绽满了笑容

集，苹果产业集约化、规模化程度提升，推动了苹果产业转型升级步伐。

如今，“咸阳马栏红”在咸阳市北部五县种植面积已达155万亩，年产量190万吨。“咸阳马栏红”品牌已成为咸阳市又一张响亮的名片，以其优质的农产品质量安全品牌，成为农产品畅销市场的“通行证”，苹果不仅赢得北京、上海、深圳等一线城市广大消费者的认可和信赖，市场占有率逐年上升，还远销欧美、俄罗斯、印度及东南亚等地区，极大带动了广大果农务果积极性。以高质量的栽培管理技术，加速推动全市果业转型升级，成为咸阳市引领产业发展、优化产业结构、提升产业效益的重要举措。

## 二、科技赋能，推动苹果产业升级

“咸阳马栏红”苹果的品牌优势已逐步展现，但农业的天然属性就是靠天吃饭、抗风险能力不足，发展苹果种植产业也不例外。苹果不好种，好苹果尤其难种，面向未来的好苹果更是不好种。这就需要从技术、人着手，并且借用科技的力量，让苹果不断升级。

### （一）专家上阵，果农“听得懂、学得会、用得上”

长武县地处陕西省咸阳市西北部的陕甘交界处，是陕西省优质苹果生产基地县。全县现有苹果种植面积25万亩，2019年挂果面积17万亩，产量30万吨，苹果种植业已经成为长武县脱贫攻坚的主导产业。

然而，中国银行扶贫工作队经过深入调研发现，必须提高长武县贫困果农文化素质，并以此推动苹果种植水平的全面提高，促进果园管理升级换代，巩固和发展脱贫成果。

“工欲善其事，必先利其器。”这里的“器”不光指工具，也指更好的工作方式与方法，对于苹果产业来说就是更加先进的种植技术。因此，中国银行扶贫工作队实施了“长武县2020年贫困户果业技术培训项目”。

中国银行扶贫工作队联合长武县果业服务中心，以提高全县各贫困村中1万名建档立卡贫困果农的务果能力和管理水平为重点，从2020年3月到11月，在全县贫困村根据农时季节开展多层次、多形式的培训活动，提高贫困果农的技术水平、发展信心，促进果园管理上水平、果树效益上层次、果品质量上台阶、经济效益大幅度提高。

为了让果农“听得懂、学得会、用得上”，中国银行扶贫工作队下了一番功夫。首先从培训内容上来看，该培训不仅囊括了修剪、施肥、病虫害防治等果园管理、新建园等技术，还根据如今产业发展趋势，重点加入了果品营销知识（电子商务）、果业产业化知识、果品产销发展形势等内容。其次，从培训方式来看，该培训由县果业服务中心组织实施，不仅组织技术干部进村入户深入田间地头，采取理论讲授和现场操作的方式举办培训班，组织贫困果农参观县内典型示范园、示范户，还为每户果农发放一套技术培训资料，并为部分贫困群众发放修剪管理工具，不仅有助于培训效果的巩固提升，

2020年12月，中国银行在永寿县马坊镇组织开展苹果技术培训

也激发了贫困果农发展苹果产业的积极性与内生动力。

培训内容、培训方式都安排妥当后，培训资金又成了令人挠头的问题。本项目所需培训专项资金21.2万元，而县果业服务中心所能拿出的果业发展经费不超过5.2万元，剩下的16万元的资金缺口需要解决。经过中国银行扶贫工作队队员——长武县挂职的赵春雨副县长、庞志远副县长的争取，中银慈善基金会无偿提供了这笔资金。

截至2020年年底，项目已实施结束，共完成果业生产、产后处理加工、果品营销等技术培训223期，培训贫困户果农1.23万人次，培训期间购置的1万余份果业技术资料及833把果树修剪工具，在培训现场直接交由贫困果农负责日常使用及管理保护，确保资助资料及工具长期稳定发挥效益。

### （二）“四加一”模式推动苹果产业升级

2021年1月27日，中国银行旬邑县果园农资工作站分红暨经验交流座谈会在太村镇义井村举行。室外虽数九寒冬，室内却暖意融融，村民们手里握着分红款，笑得合不拢嘴。中国银行扶贫工作队，陕西德盛源现代农业发展有限公司代表，义井村、下皇楼村四支队伍及项目受益群众代表30余人参会。座谈会上，义井村、下皇楼村群众代表竞相发言交流经验，谈感恩、谈变化、谈展望，大家一致认为果园农资工作站项目为群众打开了一道致富门，中国银行为群众办了大实事。这次分红，不仅让村民们尝到了甜头，也让大家看到了今后村里的发展方向。果园农资工作站项目正是中国银行实施的脱贫攻坚创新型试点项目。

旬邑县是苹果优生区，苹果产业是农民群众最重要的收入来源，但农户种植苹果的劳作方式和收入差距很大，与化肥农药等农资的选取有关，也与果园的管理有关。无论是苹果受灾减产的2018年，还是苹果丰产不丰收的2019年，在迥然不同的两个年份中，有一点是相同的：高质量的苹果虽然投入高，但卖得更快，净收入也更高。

以旬邑县义井村、下皇楼村为例。下皇楼村位于旬邑县张洪镇西北部张洪塬上、三面环沟，辖6个村民小组，共有361户1435人，其中建档立卡贫困户47户170人，现有耕地面积2323亩，其中苹果种植面积1790亩。义井村位于旬邑县太村镇，辖6个村民小组，共有352户1624人，其中建档立卡贫困户72户272人，现有耕地面积3289亩，其中苹果种植面积1447亩。两村均处于苹果优质产区，苹果种植面积都达千亩以上，但村民种植苹果技术和管理水平有待提高，且各家各户生产的苹果品质不稳定，生产投入不足，技术缺乏，价格上不去，难以达到市场高品质的订单质量标准。同时，两个村都是村集体经济空壳村，一直找不到好办法突破这个“空白”。如何化解果农痛点、市场堵点、收入难点，帮助村上变扶贫“输血”模式为“造血”模式？

**1. 引入有实力的公司，形成项目运营高效机制**

中国银行扶贫工作队多次实地调研、多方论证考察，结合两村实际，经过半年多的时间，在2020年2月新冠疫情肆虐之时加班加点完成了项目的可行性分析，结合抗击疫情复工复产的需要，提出在旬邑县张洪镇下皇楼村和太村镇义井村试点推行创新型果园农资工作站项目。

该项目引入扎根当地的陕西德盛源现代农业发展有限公司进行合作，采取“公司+村集体合作社+果园农资工作站+果农”的运营模式，引导带动果农开展科学化、规模化、效益化种植，进而提高苹果质量、提升农产品附加值，改善农产品供给结构，在苹果供给侧实现提质增量、在消费侧进行品牌培育，树立果农种植信心。同时针对普遍存在的农村集体经济薄弱的现状，通过创新成立下皇楼村、义井村果园农资工作站，帮助其建立稳定、可持续的村集体经济组织，进而带动村子和村民共同发展，最终为脱贫攻坚乃至乡村振兴打牢坚实的产业基础。

果园农资工作站的核心在于“人”，这既包括村里的果农，包括村集体经济成员，也包括陕西德盛源现代农业发展有限公司的专业技术人员。

德盛源公司成立于2012年，注册资金1500万元，是集生产资料销售、技术服务，旬邑马栏红优质苹果培育、收购、销售、整体解决方案提供及实施，实体加电子商务运营为一体的综合型企业。该公司拥有自主发明专利产品及技术、原农业部颁发的正式农肥登记证两个，自建生物有机肥生产车间及生产线，有专业的生产、销售、电商团队。生产原料使用旬邑县中医药园区的生产废料药渣、菌渣以及农作物秸秆等粉碎腐熟发酵产物，是提高废物循环利用的有效举措，利于环境保护。多年来供应上万户农民生产资料，近两年年均销售2165万元，并帮助指导种植管理技术约1.1万余户，使果品达到了提质增效作用，提高收益约15%—20%。

### 2. 以“让利当下、投资未来”框架推进项目实施

中国银行扶贫工作队经过周密调研与综合考虑，帮助下皇楼村、义井村与德盛源公司建立长期合作，建立“德盛源公司+村集体合作社+果园农资工作站+果农”的运营模式，在两村分别成立果园农资工作站（工作站均设立在两村集体经济合作社下），德盛源公司基于“共同合作、让利当下、投资未来”的理念开展合作，具体合作内容如下：

在两村分别设立果园农资工作站，由两村集体经济合作

2019年5月，淳化县大槐树村党支部积极发挥带头示范作用，努力壮大村集体经济。图为中国银行驻村第一书记王剑峰正在组织村民召开“村集体经济盈利分红大会”

社负责工作站的管理运营，聘请德盛源公司为果农提供种植指导、土壤修复、农技培训、农产品回购等全周期服务。

德盛源公司将果园农资工作站所需生产资料（有机肥、农药等）在确保方案合理、质量优质的前提下，按一定的优惠折扣，经由两村果园农资工作站向果农销售推广。

两村果园农资工作站通过组织农户购买服务套餐，为果农提供种植指导、土壤修复、农技培训、农产品回购等服务和经营管理工作，获取一定的利润，用于壮大村集体经济和对贫困户分红，且农户在标准化方案指导下进行种植。

在全村果园中筛选200亩试点推广，果农自愿报名，优先鼓励支持贫困户参与。经实地对报名的果园进行土样测量、果树普查，最终筛选纳入该项目的下皇楼村贫困户果园8户40.5亩、非贫困户果园35户159.5亩，义井村贫困户果园7户40亩、非贫困户果园29户160亩。为激发果农主动提升果园种植及管理水平，拟定为"中国银行无偿投入+农户自筹"相结合，每亩果园所使用的服务套餐由中国银行出资55%，农户自筹45%。中国银行无偿扶贫资金注入两村集体经济合作社，由两村集体经济合作社分别与德盛源公司签订合作协议，统一购买果园所需农资。

### 3. 同心聚力，建立多方共赢机制

以点带面，巩固脱贫成果。该项目由村果园农资工作站牵头对接德盛源公司技术人员对全村果农进行专业技术培训指导，确保农户按照标准化要求进行种植，并邀请农业专家共同论证，确保项目效果。经德盛源公司测算，使用套餐后，果品质量提升将使果品单价至少高于市场价格的15%。

科学种植，实现良性发展。随着社会经济的发展，广大

人民群众对生活质量的要求不断提升，从温饱即可到既要安全，又要营养美味。标准化种植通过土壤检测，根据不同的土壤制定不同的配方，改良土壤结构，提供苹果科学生长环境，从而提升苹果质量和价格，增加农户家庭收入，实现主导产业的可持续良性发展。

创新发展模式，壮大村集体经济。该项目在两村村集体经济合作社下设立果园农资推广工作站。工作站组织技术力量为果农提供种植指导、土壤修复、农技培训、购买服务套餐、农产品有条件回购等服务。善源合作社管理运营工作站，推广越成功，果农越受益、越认可，购买套餐的人数就越多，村集体收入水涨船高，从而改变目前村集体经济薄弱的现状，引导村集体经济从弱变强。

### 4. 扎根当下，描绘未来绚丽美景

对于下皇楼村、义井村来说，该项目和德盛源公司的合作方式与以往大不相同，企业参与、融入产业发展的广度、深度大大加强。对合作企业德盛源公司来说，虽然在当前没有直接利润，但可能在未来获得稳定的市场份额。中国银行扶贫工作队帮助该项目设立的创新型合作模式，为项目的未来成功提供了有力的支撑与保障。

帮助建立好运营模式后，中国银行扶贫工作队牵头当地相

关部门及所在镇村，进一步做好资金规划安排。经土壤测量、果树体检，结合群众自愿的原则，筛选试点参与该项目的果园共400亩，整体项目资金需求为136万元，其中农户自筹61万元，经报总行审批后，中国银行无偿援助剩余的75万元资金。

该项目实施一年来，通过各方共同努力，引导村民由“低投入低质量导向”转向“提质量提利润导向”，实施效果明显。农户参与度高，纷纷要求加入；客商来了，群众腰包鼓了，果农高质量发展的信心树立了；企业打下了长远经营的基础；村集体经济也取得了突破。项目正在实现着“三合一”共赢目标——农民地里的“摇钱树”、企业经销的“代言人”和村集体经济的“长流水”。

### （三）增产提质的成功经验

经过一年多的共同努力，该项目实施效果明显。两村共获净利润25.6万元，其中15.6万元用来支持2021年该项目的继续运作，剩余资金用来带动两村99户贫困户稳定脱贫，切实实现了推进“增产导向”向“提质导向”转变的目的，更实现了创新发展模式、壮大集体经济、稳固延续性发展的目标，为脱贫攻坚及接续乡村振兴发挥了良好的示范引领作用。

### 1.创新发展模式，改善农村供给结构

“公司+村集体合作社+工作站+果农”模式的有效运营，推动了更高标准的农资管理，并以此带动农民走上科学化、规模化、效益化种植道路，进而提高苹果质量、提升农产品附加值，改善农产品供给结构，树立果农种植信心，引导科学种植，实现良性发展。

### 2.壮大村集体经济，为产业发展筑牢基础

针对目前普遍存在的农村集体经济空壳、薄弱的现状，通过推行果园农资工作站项目的实施，帮助其建立稳定、可持续的村集体经济组织，进一步带动村子和村民共同发展，最终为脱贫攻坚乃至以后的乡村振兴打牢坚实的产业基础。

### 3.可持续发展，使农民生活更美好

在主导产业发展上用实心、出实招，农户参与度高，认可度强，为彻底改变果园老龄化、增产提质可延续性发展打下坚实基础及树立标杆示范。

谈到项目运行过程，德盛源公司负责人张爱玲娓娓道来："项目实施初期举步维艰，部分果农不认可、不支持。在中国银行的无偿投入与全方位、立体化的精准扶持下，在两个

中国银行大力开展消费扶贫，组织多场扶贫县农产品展销会

村四支队伍的大力配合下，我们大家一起挨家挨户调查，将心比心访谈，最终确定了‘共同合作、让利当下、投资未来’合作方式，在提供全程技术指导和服务的基础上，为大家提供低于市场价格30%的生产资料。事实证明，两村使用此套餐的苹果品质和口感都远远高于普通管理的苹果，第一年就看到了差别。”

未来，两村将根据2020年工作站运行情况，结合两村实际，以及中国银行扶贫工作队提供的更加周密细致的帮扶，及时总结经验、查漏补缺，充分听取相关建议，早谋划、早动手，继续做好2021年的相关工作。力争通过两年的示范引领，最终实现在无补贴的情况下，果农也能掌握更加科学的种植技术，产出更加高品质的苹果，获得更高的收入，过上更加美好的生活。

# 第四章　百花盛开，多业齐兴

脱贫攻坚战打响以来，中国银行扶贫工作队在“北四县”探索出高质量、可持续、有特色、可复制的定点扶贫路径方法，不仅着眼于投入，更着眼于赋予帮扶对象力量，留下办法、机制、理念和精神。扶贫队立足农村地区供给侧结构性改革，从技术、人着手，同时借助科技的力量，善于用新方法解决各个“硬骨头”难题，不仅让苹果这个产品升级，还扩展到花椒种植、生猪养殖等扶贫产业发展，将“输血式”扶贫升级为“造血式”扶贫，更将此思路拓展到健康扶贫等诸多领域，联合专业机构，探索出了因地制宜、扶志扶智的多种创新模式，用实际行动印证了国家精准扶贫战略的正确与高效。

# 一、小花椒变成“金豆豆”

苹果产业需要资金、技术、人员等多种元素投入，其他种植业、养殖业也需要解决诸多难题。中国银行扶贫工作队除了帮助“北四县”果农借用科技的力量让苹果升级外，还全力帮助深度贫困村种好、管好花椒，发展养殖业，让村里的小花椒成为金豆豆，更让养殖业人欢畜旺，为村里的群众撑起一片崭新的未来。

## （一）花椒种植专家成为贫困群众的主心骨

坐落于永寿县渠子镇郭村塬上张贺、咀头两村距县城40公里，属咸阳“北四县”仅剩的两个未退出的深度贫困村。两村共有建档立卡贫困户146户592人，贫困发生率曾分别高达81%、54%。两村紧密相连，属梁、塬、峁、沟壑地貌，基础设施薄弱，农业种植品种单一、效益不高，且因地处偏僻、交通不便导致人口外流、产业衰败，脱贫难度非常大。加之唯一的进出村通道郭槐路当时路况差，不具备发展大规模畜牧业、基础设施建设的条件。

这里的花椒栽植，也是一波三折。张贺、咀头两村曾有

旬邑县“咸阳马栏红”苹果大丰收

过种植核桃、苹果、黑豆而失败的惨痛经历，“种啥啥不成”，已经成为村民心中的一个疙瘩，难以释怀。尤其是2017年前后，部分村民曾经尝试过种植花椒，但因为没技术、没经验，最终成活率仅有30%左右，对村民信心打击很大。尽管花椒树一般三年才能初步挂果，但第一年就有群众生出了拔掉花椒苗的想法。

中国银行扶贫工作队的队员认识到“发展产业，关键在农民。不仅要扶志气，还要扶技术”。为此，他们将目光投

小花椒成熟，为村民带来生计的大希望

入了技术密集区——高校，把专家请到了村子里。

在一个初秋的上午，在张贺村花椒地里，所有村民的目光都集中在一位精神矍铄、气质儒雅的老人身上，他就是花椒领域大名鼎鼎的魏安智教授。作为国内顶尖的花椒专家，魏教授不仅是西北农林科技大学林学院院长，还是原国家林业局花椒工程技术研究中心首席科学家、花椒产业国家创新联盟理事长。在这个处暑刚过、白露未至的大热天里，魏教授不辞辛劳，再次深入郭村塬的田间地头，为深度贫困村的花椒种植户开展种植管理技术培训，结合花椒长势、手把手指导关键技术环节，使村民由门外汉变为行家里手。

“魏教授，你看看我这剪枝咋样?”

“我家花椒叶上长虫了，这要不要紧?”

“我家花椒为啥刚摘下来红得很，放一段时间就变黑的了?”

这些在农民眼中的大问题，在魏教授看来却是小问题，解决起来也易如反掌。他们再也不用一看不成就拔树了。

收获的季节到了，村民看着椒树上一串串金红饱满的椒粒，心中满怀欣喜与憧憬：“别看那小小椒粒，那可是村民盼了三年的金豆豆啊，一亩地收入接近4000元呢!”

张贺村副主任贺文会看着红红的花椒树感叹：“花椒种植，虽然一波三折，但是终于花美籽红了。”

### （二）中国银行驻村第一书记：扶志、扶技、扶模式

自2018年5月起，中国银行选派第一书记驻村帮扶张贺、咀头两村，根据当地地处偏僻、干旱缺水、劳动力匮乏的条件，中国银行结合花椒耐寒、耐旱、抗病能力强、易栽易活的特点，帮助两村党支部科学发展花椒产业，除无偿援助80万元的产业发展资金，更建立起“村党支部+合作社+

贫困户”的模式，不断增强村民在发展花椒产业中的参与感，激发村民摆脱贫困的内生动力。

一是帮助村民“扶志”。针对村民“因为不了解而不愿种、因为没动力而种不活、因为没经验而管不好”的状况，中国银行派驻村里的第一书记方傲先后带领40名村民代表远赴河南渑池县不召寨村参观学习，亲身感受不召寨村从“下雨不积水、遇旱不打粮”的贫困村到“中原花椒第一村”的创业致富路。

二是帮助村民“扶智”。三赴杨凌，最终邀请到魏安智教授破例首次为村级花椒产业担任长期跟踪技术指导，每年定期到村指导，培养村民“土专家”担任花椒管理员。此外，还通过魏教授推荐渠道引入专业花椒种苗，提高花椒品质。

三是实施“村党支部+合作社+贫困户”模式。由两村党支部牵头统一流转土地并向村民支付土地流转费，全部贫困户均纳入合作社且入园务工，确保每一亩花椒都落实到户。此外，还定期开展花椒种植能手系列评选，鼓励种好管好花椒。

四是科学套种助增收。因花椒栽植后前3—5年的生长期内根系不发达，根据魏教授的指导，合作社组织村民林下套种中药材，进而有效提高了土地利用率，并增加了花椒生长期内村民收入，促进了花椒产业发展。

经过两年多来中国银行的定点扶贫与魏教授的悉心指导，

两村村民特别是贫困户参与播种、剪枝的热情不断高涨，椒树长势也非常好，成活率超过95%。目前，两村已建成面积逾千亩的花椒栽植基地，2020年，部分椒树已开始挂果，村民也已开始认识到小花椒更是“金豆豆”。

“近年来，我国国内市场上对于花椒的需求量约为每年70万吨，但市场上的有效供给不足35万吨。”魏教授在现场培训的开场白中就指明了广阔的前景，“据最新的科学研究表明，花椒里含有一定量的神经酸。而神经酸是神经细胞特别是大脑细胞、视神经细胞、周围神经细胞生长、再发育和维持的必需‘高级营养素’，对提高脑神经的活跃程度，防止老年痴呆、延缓衰老有很大作用。另外，花椒对女性也有很多好处，比如可以有助于女性排卵等。”魏教授不但向大家介绍了国际上最前沿的花椒研究成果，同时也指出光有科学的技术指导也无法使花椒成为“金豆豆”。“大家还需要做的就是继续坚持下去，认认真真打理椒树，辛勤的汗水必将换来丰收的喜悦!”

中国银行扶贫工作队队员还帮村民算了一笔账：种植五年左右、进入盛果期的每株椒树可结干果约1公斤。按最低的市场价60元/公斤计算，每亩地50株椒树的收益就超过了3000元，这是真正能够帮助大家奔小康的“致富树”与“摇钱树”!这更加坚定了大家撸起袖子发展花椒产业的信心与决心。“只要坚定信心、下定决心、保持恒心、团结一心，用科学的技术来指导、用辛勤的汗水来浇灌，加上村党支部的有效组织与领导，一粒粒小花椒定能成为脱贫致富的‘金豆豆’，深度贫困村土地上的‘致富树’与‘摇钱树’必能茁壮成长!”

## 二、“金猪计划”开拓产业扶贫新路径

贫困村不只有花椒种植产业，还有生猪养殖产业。与群众自己在家里盖猪舍养猪不同的是，中国银行扶贫工作队将市场先进的规模化养猪模式与技术带到了贫困村，帮助村里打造出蒸蒸日上的生猪养殖产业。

### （一）引入先进外企加盟，助力贫困县脱贫致富

永寿县、长武县地处黄土高原，自然条件较差，是典型的旱作农业县，当地群众主要经济来源为种植苹果、小规模养殖等以及外出打零工。种养殖业普遍规模较小，缺乏龙头企业带动，产业链比较单一。中国银行发挥行业优势，积极撮合泰国正大集团这一国际著名企业赴永寿县、长武县投资建设新型农牧产业化项目，促进当地农业产业结构调整，实现一、二、三产业融合发展，推动畜牧业提质增效，带动贫

困群众致富增收。

中国银行不仅牵线搭桥，更是积极躬身入局，为项目提供资本金支持、无偿援建资金支持和中长期优惠利率贷款，联合咸阳市、正大集团共同推进投资建设的扶贫项目。

经中国银行扶贫工作队统筹规划，该项目按照“整体规划、分期建设、小步快走”的实施原则，主要由正大集团负责工程建设，由咸阳正大食品有限公司作为代建单位负责建设管理工作。项目分两期进行，其中，一期30万头生猪养殖示范项目，固定资产总投资7.52亿元，分别在永寿县、长武县各建设15万头规模的生猪养殖综合体，其中包括技术先进的育肥场、种猪场和亚洲最大的公猪场；二期70万头生猪养殖全产业链项目，计划投资41.54亿元，内容包括70万头生猪养殖以及屠宰加工厂、食品深加工厂和有机肥料厂建设。永寿一期项目2019年7月开工，2020年6月，杜家庄育肥场顺利完成引种，8月，南邵种猪场顺利投产，2020年年底，永寿项目剩余场站和长武项目主体工程全部完工。

### （二）深度贫困村启动生猪养殖新模式

2019年初冬，由中国银行援建的张贺村、咀头村生猪养殖项目的第一批生猪即将出栏，位于渭北郭村塬末端的村民每个人都笑得合不拢嘴。

中国银行支持的正大农牧综合产业项目一期场址，图为长武县相公镇公猪养殖场

两年前，面临资金与技术缺乏、供水难以保障、交通极为不便等重重难关，经张贺、咀头两村党支部与中国银行扶贫工作队反复调研、沟通与讨论，最终确定发展生猪养殖项目。

时光匆匆，只用了不到两年的时间，一座现代化的生猪养殖场在张贺、咀头两村的连接区域拔地而起。眼看着去年还是杂草地，如今变成了的养猪场，张贺村村主任贺文

深度贫困村生猪养殖场建设项目采取“企业+合作社+农户”模式，与行业龙头温氏集团合作，村集体运营，分红覆盖两村全部建档立卡贫困户，年均分红56万元。目前猪场已经稳定运行接近两年

会深有感慨：这些改变得益于市、县、镇三级政府的支持，更离不开中国银行无偿资金援助（总投资超过人民币700万元，中国银行无偿投入300万元）与全方位、立体化的精准扶持。

一是在中国银行扶贫工作队的帮助下选择了“企业+合作社+农户”的产业扶贫模式。由两村村集体合作社与行业龙头温氏集团合作，温氏集团提供统一猪场规划、统一物料供应、统一技术服务、统一肉猪回收、保证农户基本受益的“四统一保”核心服务，村集体入股，合作社负责日常运营管理。不少于40%的养殖利润用于向两村全部建档立卡贫困户、村集体进行分红，分红总额接近40万元。

二是生猪养殖工作全部由合作社与贫困农户负责，提高了贫困农户的发展能力，帮助他们从逐步摆脱贫困的现实中增强自信心，从了解扶持政策中增强自信心，从学知识、学技能、强素质中增强自信心，这正是中国银行扶贫工作队力求达到的将扶贫与扶志、扶智相结合、实现稳定脱贫的目标。

张贺、咀头两村的3000头养猪场项目于2019年5月建成并投入运营，并于当年5月下旬至6月中旬分三批次购进3305头小猪苗。经过近六个月的辛勤努力，克服了猪场建设、生猪养殖、病情防疫等多重困难，眼见着一头头小猪苗茁壮成长为平均体重超过250斤的“二师兄”，村民们的喜悦之情溢于言表。

自2019年11月至今，该猪场已完成四批平均体重超过250斤的生猪出栏，出栏生猪总头数已超过万头，两村146户贫困户每户每年可分红超过2000元，两村村集体可得到分红接近8万元。

中国银行把发展农业产业作为帮助贫困群众可持续脱贫的重要手段。2019年援建淳化县十里塬镇农业产业示范园标准化温室大棚项目。图为贫困户收获满箱的蘑菇，满脸幸福的笑容

## （三）把产业留在县城

随着咸阳正大30万头生猪养殖产业扶贫项目在永寿县正式投产，将在加快区域产业结构调整、直接带贫益贫方面发挥示范引领作用，下面以永寿县为例计算该项目成效。

一是良好的扶贫效益。按照合作框架协议，正大永寿项目连续20年支付不可撤销固定资产租赁收益金，共计2亿元，可为全县脱贫攻坚成果巩固提供有力资金保障，12601户贫困群众将全面受益，形成长效扶贫机制。

二是良好的经济效益。项目在永寿县涉及场地11块，流转土地1400亩，涉及农户328户，20年土地流转收益金共计1800万元，户均财产性收入5.4万元。项目建设运营期间可提供就业岗位700多个，年工资性收入1750万元。2.5万亩有机大田和果蔬种植基地每年带动农户经营性收入1250万元。

三是良好的产业效益。该项目的全面建成，为永寿县种养结合发展提供标准模式，希望形成种植—饲料加工—种猪繁育—生猪饲养—生猪屠宰—肉制品深加工等环节一条龙模式，实现从农田到餐桌的全产业链体系，助推农业转型升级，真正实现农业产业规模化、标准化、集约化和粪污资源化利用，有效改善农牧业生产环境，降低农田化肥使用和农业生产成本，实现生态与发展的有机结合，为加快创建国家有机产品认证示范县提供可靠样本。

## 三、百花盛开，久久为功，农民生活有盼头

### （一）推动生态经济发展，蜂蜜甜了贫困户的心

春天来临，长武县彭公镇漫山遍野怒放着一树树的槐花，空气里飘浮着醉人的香气，一串串、一片片如繁星春露点缀着绿色的原野。浓郁而芳香的每一朵花都会努力绽放到极

长武县马坊村中华蜜蜂养殖产业园

2019年，中国银行无偿援建长武县马坊村中华蜜蜂养殖产业园，带动周边贫困群众通过养蜂脱贫致富

致，蜜蜂在槐花间忙碌，汲取花香产出甜蜜，养蜂人在笑，中国银行扶持的生态养蜂业，让这里的养蜂户看到了美好的前景。

长武县彭公镇马坊村蜂农黎仓虎，与蜜蜂打了30多年交道。六七十个箱子把院子里旮旮旯旯都占满了，一家6口人齐上阵，分蜂、取蜜，忙得团团转。2018年5月份，中国银行提供支持81万元，在村口山边流转了6亩地，支持黎仓虎扩大养殖规模，建成生态蜜蜂养殖基地，并给蜂蜜做包装、打品牌。以前一箱蜂蜜纯利润是14元，现在达到20多元。养蜂基地常年夏季常用工8人、冬天2人，全是建档立卡贫困户，黎仓虎的生态蜂蜜现在是供不应求。

### （二）形成“农光牧”综合化收益，光伏板下生机盎然

在长武县昭仁街道大东庄村南，一排排蓝色光伏发电板整齐排列，蔚为壮观。此处光伏电站占地65亩，建设规模2.1兆瓦，项目总投资1662万元，其中中国银行无偿支持750万元。

该光伏电站最大的“玄机”不仅在于光伏板能够发电产生收入，还在于光伏板下能够综合利用。定睛细看，光伏板下有青草、南瓜藤蓬勃生长，肉鸡三五成群乘凉、觅食。原

永寿县渠子镇深度贫困村光伏电站项目，位于咀头村和张贺村的连接区域，是永寿县第一个村级光伏发电扶贫电站。电站已于2018年11月底正式并网发电

来，这是一处农光牧互补项目，目前存栏肉鸡有1万多只。

“南瓜叶等可供肉鸡食用。光伏板下养鸡，既给鸡提供了宽敞的活动空间，还方便了肉鸡乘凉，对提升肉质有积极作用。”大东庄村第一书记王争琦介绍，通过在光伏板下养鸡，仅差异化分红每年便可带动44户贫困户户均增收500元。同时，此处养鸡项目还可带动多名弱劳力就近务工。

“岁数大了，外出打工没人要。真没想到，现在在家门

中国银行援建永寿县常宁镇左家村光伏项目

口还谋到了一份好差事。”大东庄村贫困户李丢子说，他今年62岁，现在是村里光伏养殖项目的长期工，每月工资2600元，再加上家里的9亩多苹果树，老两口已经稳稳地脱了贫。

“以后，我们还计划在光伏底下发展香椿种植，进一步提高土地利用率，争取把农光牧互补的路子走得更宽。”王争琦说。

中国银行援建的光伏项目，光伏板下种上了食用菌，实现了光农互补

### （三）驻村第一书记牵线忙，“空壳村”菇美柿香

沿着在云雾间盘旋的山路，从县城驱车近一个小时，在翻越两条山脊之后，马成寺村才映入眼帘。真美！马成寺村坐落在大山环绕的一块小盆地中央，黛绿色的远山和近处的古屋、河流汇成了一幅水墨画。然而，美丽的风景背后掩藏不住一串令人心痛的词语和数字——“光棍村”“空壳村”，

2014年年底贫困发生率57.99%……村里没有像样的产业，贫困群众也因缺少致富门路而“乱投医”。

看着村民充满期望又无奈的眼神，中国银行总行派驻的第一书记崔海涛坚定了信心，决定在这里大干一场，用好各项帮扶资源，寻找适合马成寺村长期发展的产业。

小麦和玉米是陕西传统的粮食作物。以往这里的村民一直以种植小麦和玉米为生，然而每亩地最多只有几百元的收入。可是除了这些，还能种啥呢？

在村民家中走访过程中，崔书记发现，马成寺村的柿子树不少——海拔高、昼夜温差大的自然条件孕育了这里香甜的柿子，但长期以来，因没有销路、价格极低，乡亲们从未想过要靠柿子增收，任其自生自落。一边是优质低价的原生态农产品无人问津，一边是发达地区市场上居高不下的价格，崔书记坚信，发展深加工产业是唯一出路。他决心要让优质农产品走出大山，让遍布乡间的柿子成为马成寺村贫困群众脱贫致富的“金疙瘩”。

2019年，崔海涛自掏腰包从村民家中先后收购7000余斤柿子，开着私家车、带着大货车，多次前往陕西富平，邀请当地专业企业帮助试制柿饼和柿子醋，取得了不错的效果。经富平当地专家鉴定：马成寺的柿子完全可以用来制作柿饼和柿子醋！从富平回来，崔海涛趁热打铁，组织村两委

2021年1月，中国银行援建的咸阳市长武县马成寺村柿子加工厂建成投产，立足当地柿子资源，发挥要素优势，促进产业发展，着力打造一村一品特色农产品。图为新建成的马成寺村柿子加工厂

从富平引进了800株最新培育柿子苗，改善马成寺村柿子品种，扩大种植规模。2020年，中国银行又投入帮扶资金240余万元，在马成寺村建设一座现代化的柿子加工厂。目前，厂房已建成并投产运营；村合作社也和富平柿子加工的龙头企业签订了长期承包合同……家门口的柿子有了销路，让乡亲们乐开了花，马成寺村的柿子产品也即将走出陕西，柿子产业的发展为马成寺村乡亲们脱贫增收增添了一

中国银行在马成寺村投资建设现代化柿子加工厂，目前厂房已建成并投产运营

马成寺村遍布乡间的柿子成为脱贫致富的“金疙瘩”

重保障。

深秋时节柿子成熟，中国银行的产业帮扶又让马成寺村飘出了菇香。2019年年底，崔海涛通过中国银行帮扶资金50万元外加县、乡扶贫资金，在马成寺村建设了189座设施农业大棚，并在2020年年初利用其中的125座大棚种植大球盖菇。“别看这种菇‘长相’不出众，但是里面蕴藏的致富‘道道’可是不少咧！”在大棚里，崔海涛敏捷地采下一只大球盖菇，“大球盖菇栽培技术简单、栽培原料来源丰富、成本低产量高的特点正适合乡亲们种植，特别是在2020年疫情期间，吸引了大量农村劳动力就近就地就业……”

“从繁华的中国银行总部大楼，到沾满泥土香的马成寺村，我更加真正理解了共产党员‘一心为民’的初心使命。”崔海涛一直为当初选择成为一名扶贫队员而感到自豪。

## （四）电商平台无极限，指尖经济显身手

授人以鱼，不如授人以渔。过去那种依靠单向资助的救济式扶贫，治标不治本，缺乏可持续性。中国银行投资打造的“公益中国”电商平台突破了这种传统扶贫方式的局限，它不仅为当地贫困户提供了一个增收途径，更是扶贫又扶志，培养了他们自主发展的意识和自力更生的能力。

在中国银行扶贫工作队的主导下，借助市场力量、利用

长武县马成寺村贫困户在中国银行援建的种植大棚就近就业

“互联网+”思维，中国银行的“公益中国”电商平台以消费扶贫为抓手，形成了源头管理、品牌建设、市场反馈等机制，让产品获得“可销售的渠道”，让消费者获得“可保证的品质”，积极推进乡村电商平台的发展。

电商平台运营四年多来，通过“脱贫助理人”和驻村第一书记的传、帮、带，让很多过去完全不懂互联网的贫困户接触熟悉互联网，学会了店铺开设、产品包装、物流售后等操作流程，逐渐从销售的门外汉变成了致富的行家里手。电

在陕西省淳化县，中国银行助力食用菌产业落地发展。该项目也使贫困群众收入多了一重保障

商平台让这些贫困户掌握了可以长期发展的生存技能，他们获取的每一分收入，都是他们自己辛勤劳动的回报，这样的扶贫，给了他们尊严。

更可喜的是，由于中国银行的分支机构遍布全球，在全体员工和爱心客户的大力宣传下，淳化县农副产品的知名度也提升了许多，再加之平台在当地扶持了一批小微企业，有效促进了物流费用的下降，进而降低了农副产品的外销成本，形成了良性循环。

淳化县官庄镇席家村的席益军今年45岁，20年前因意外双腿截肢，长期卧病在床。为了维持生计，村里帮他开了一个小卖部，卖些日常用品，而家里的务农重担就都压在妻子身上。后来，当地“脱贫助理人”向他介绍了电商平台，并教会他使用流程，席益军抱着试试看的心态成为一名平台自营农户，把自家和村里的农产品挂到平台上销售。令他惊喜的是，第一天就收到了21个订单，这让席益军一下来了精神，认真投入到平台自营上。之后销量越来越好，现在的他笑容满面，对生活信心十足。

电商平台上像席益军这样的淳化自营贫困户还有许多。平台除了帮助他们增收，还使得他们不断地开阔视野、增强信心，学到增收技能，努力实现自我脱贫致富。

随着平台影响力的不断扩大，多家承担定点扶贫任务的国家机关、企业和地方政府等也陆续入驻平台，成为伙伴，依托“公益中国”平台在本单位或本地区开展全员式的消费扶贫。

# 第五章　融通社会，造福民生

习近平总书记指出，“消除贫困、改善民生、逐步实现共同富裕，是社会主义的本质要求，是我们党的重要使命”。他还强调，实施乡村建设行动要“注重加强普惠性、兜底性、基础性民生建设。要接续推进农村人居环境整治提升行动，重点抓好厕改和污水、垃圾处理”。中国银行扶贫工作队坚决落实党和国家战略部署，脚踏实地、深耕细作，在改善“北四县”基础设施和人居环境的艰苦努力中取得了实实在在的成果。

## 一、“镇域亮化”开创“扶志”新路径

如果帮扶工作只是“花钱办事”这么简单、形式化，那么一些贫困群众可能会习惯“等靠要”，而基础设施类扶贫

项目很难做到“扶志”又“扶智”，更难以做到“扶治”。要想使扶贫工作触动心灵、激发贫困群众自主建设家园的意识，扶贫工作无法做到一包到底。

### （一）脚踏实地，解决乡村发展难题

中国银行扶贫工作队队员在淳化县官庄镇驻村开展帮扶调查、交流时，有一名上坳村的群众说：“在中国银行的帮助下，我们告别了以前的窑洞，住上了现在的新房，全村人都很感激。可村子缺少路灯，夜间出行不便、邻里间交流互动也少，脱贫致富信息闭塞、信心不足。”在淳化县挂职扶贫的中国银行扶贫工作队队员听到后，决心要帮助解决村子的“亮化”问题。

王勇先后在官庄镇席家村、申阳村、仙家村、党家村多地召开党员代表、群众代表座谈会，征求群众对村子亮化的想法。随之又召开官庄镇村两委班子会议，在会上，官庄镇政府党委副书记、镇长王建利提出：2019年，全镇的目标之一就是实现“镇域亮化”，希望中国银行能够给予支持。

这个项目虽然与千家万户的生活密切相关，但是资金如何落实，就需要动脑筋、想办法，如果装灯资金不与群众自筹挂钩，就可能进一步助长一些贫困群众“伸手要”思想。但是，如果按照以往经验，让群众自筹资金，几乎没有成功先例。哪怕每户出1元钱，他们都可能产生把灯安在自家门

前的想法，那样就会因为路灯定位产生各种矛盾。扶贫队员意识到，必须要用相应的载体和机制来解决这些问题。

这时中国银行扶贫工作队得知：北京感恩公益基金会于2018年9月就发起了帮助中西部欠发达地区农村散居农户安装路灯的“点亮乡村·光明万家”公益项目，项目资金来自受益村民自筹和社会各界共同捐赠，已经在四川省什邡市元石镇、回澜镇等镇的30个行政村和湖北省巴东县官渡口镇6个行政村实施了该项目，帮助近9万名乡村儿童、中小学生、孤寡老人、乡村教师和村民照亮了回家的路。得知这个消息后，中国银行扶贫工作队及时与感恩基金会取得联系，邀请基金会理事长周健带领团队来到淳化进行了调研，并很快达成了合作意向。

2019年4月，在王蕾队长的带领下，王勇及咸阳“北四县”县、镇、村干部代表前往四川什邡实地考察学习项目成功经验和做法，为项目落地实施掌握了第一手经验。他们回来以后，又经过反复推演、切磋，就项目实施流程、风险预判和理念推广统一了思想。

在项目启动之初，中国银行扶贫工作队在官庄镇、马家便民服务中心成立了项目执行小组，按照公平、公正、公开，不漏一户的原则，挨家挨户征求群众意愿，利用废弃电线杆、网络信号杆，确定路灯分布点，并向感恩基金会发出

中国银行员工捐款并组织实施“银龄守护计划”，为贫困老人提供生活援助

了“点亮乡村·光明万家”公益项目申请。

随之而来的新问题是，如何动员群众投资。为了使项目得到广大群众的支持和拥护，中国银行扶贫工作队联合感恩基金会多次在马家便民服务中心、官庄镇开展项目宣传工作，针对路灯安装环境、群众参与、社会监督等进行了宣讲，并就各村在路灯布点计划中存在的问题进行了相应调整。

### （二）强化宣传，推动群众积极参与

在进行项目设计时，为了调动群众的积极性，达到扶贫

中国银行援建永寿移民搬迁安置社区，社区内配套设施齐全，为搬迁居民提供了良好的生活环境

又扶志目的，增加了群众自筹和当地政府配套资金部分，一部分群众产生了不满情绪，认为安装路灯是政府的民生工程，他们就应该坐享其成。为了做好群众筹资工作，王蕾队长和王勇多次到项目实施镇村进行政策宣讲，通过召开村民代表大会、座谈会，开展零距离沟通交流，也利用村级微信群、大喇叭等形式进行宣传，下足了“绣花”功夫，积极宣传自强、自主的新理念，使大家在自愿的原则下参与其中，把参与家园建设看作自己应尽的责任，彻底摒弃“等靠要”的思想，实现美丽家园的“共建、共享、共维”。经过不懈

努力，打通了群众自筹资金这一项目的关键环节，群众参与率从项目要求的70%达到了90%以上。当王勇得知在群众自筹资金的过程中，个别村存在摊派任务的现象，对村干部进行了严厉的批评，他说："中国银行搞这个项目，完全可以独立投入资金，为什么要搞群众自筹？就是要激发群众内生动力，树立村两委班子在群众心中的威信，达到'大家的事情大家干'的目的。群众自筹绝对要在自愿、自觉的前提下进行，家庭条件好的可以多出一点，家庭困难的出5块、10块也是可以的，绝对不能因为怕麻烦搞'一刀切'，如果不改正摊派的错误做法，这个项目就此打住！"正是经过这样的细致入微的工作，确保了群众自筹资金的顺利推进。

在群众自筹资金工作完成以后，王勇和其他扶贫队员一起全力支持感恩基金会项目组实施工作，并帮助建立各方相互监督、相互配合的工作机制，帮助施工方做好项目质量把控，与村民协调点位、挖坑、预埋、安装、张贴捐赠人留言海报等工作；帮助项目所在镇村执行小组全面负责施工过程中的安装点位指引冲突、协调、生活保障等工作。

### （三）"小路灯"照亮"大民生"

2019年，在官庄镇、马家便民服务中心22个行政村率先实施了淳化县"点亮乡村·光明万家"示范项目，总投资

中国银行援建长武妇幼医院等多个医疗设施项目

261.82万元。其中，中国银行无偿援助200万元，村民自筹50万元，共计安装太阳能路灯2370盏，解决了3942户、2.5万人出行问题，取得了增强凝聚力和向心力的良好效果。

2020年，淳化县决定在中国银行的帮扶下全面实施淳化县“全域点亮”项目，并将其列入“二十件为民实事”，全面解决淳化县剩余10个镇办中心102个行政村12.3万人的夜间照明难题。项目总投资835万元，其中群众自筹143万元，中国银行无偿援助559万元。该项目共安装太阳能路灯9553盏，圆满实现淳化乡村全域点亮的目标。

该项目从解决贫困地区群众夜间出行安全出发，通过创造性地设计群众自筹资金、自主管理的运作方法，激发了贫困群众的内生动力，实现了从被动式扶持到主动式参与的转变，提升了基层治理水平，做到了“基础设施+志智双扶”，体现以下四个特点：

一是改善民生的成效。这个项目不仅直接解决了淳化县20万群众需求最迫切、反映最强烈、利益最直接的夜间出行不安全、不方便难题，改变了群众“夜即闭户”的传统，并在新冠肺炎疫情防控中，为干部群众夜间值守、防疫物资输送等发挥了积极作用。同时，每一盏路灯都有唯一的编号牌，都有经纬度定位和指定维护人员，保障了项目的持续性，通过“小路灯”照亮了“大民生”，提升了群众在扶贫项目中的幸福感和获得感。

二是扶贫又扶志的成效。这个项目点燃了群众改变村容村貌的激情，提高了群众对集体事业的参与度，树立起“共建共享共维”理念，从被动式扶持转化为主动式参与，从“等靠要”到“全员参与”家园建设，形成“大家的事情大家干”的文明新风气，在脱贫致富的理想信念上越发坚实。

三是扶贫又扶智的成效。大部分施工人员和维护人员使用当地贫困户，一些技术过硬的，在当地项目结束后，还到外地参与施工，日工资超过250元；帮助乡村扩展视野，增强与外界的沟通和交流；重塑乡村“朋友圈”，很多有回报

中国银行着眼建设美丽新农村，大力支持“北四县”基础设施和村容村貌建设。2019年中国银行援建的淳化县“点亮乡村·光明万家”路灯项目，解决了群众夜间出行照明问题

家乡意愿的乡贤重新与老村建立起联系和信任，帮助乡村形成募集社会资源的能力。

四是扶贫又扶治的成效。该项目以公开透明的全流程和充分的讨论，真正落实了全体村民自治和民主理事制度。同时，增进了干群和谐关系，拉近了干部与群众、群众与群众的距离，增加了互动和互信，为基层治理凝聚了人心。项目实施阵地在基层村组，村两委班子、“四支队伍”是项目的直接组织者，通过该项目实施在群众中树立了威信，提升了干部乡村治理的能力。该项目还理顺了当地政府和群众在基层治理和家园建设中的定位。一方面，群众不再认为“所有的事都是政府的事”。另一方面，基层为民服务不再是缘于上级压力，而是更加立足民生需求，很多基层干部在项目开展过程中被群众的行动所感动，提升了干部乡村治理的干劲，更加自觉融入乡村振兴战略，努力提升基层治理水平、助推乡村振兴。

## 二、厕所革命开启乡村振兴新序章

中国银行发起的旬邑县无水环保厕所改造项目主要是针对咸阳“北四县”冬季寒冷、常年干旱的客观环境，仔细调研后，试点实施了四种类型的生态无水厕所，不仅推进健康扶贫上台阶，而且为乡村振兴奠定了基础。

### （一）干旱寒冷地区，“厕改”需因地制宜

咸阳“北四县”平均海拔约1000米，冬季寒冷、常年干旱，水冲式厕所虽满足卫生需求，但除了有取暖设施的公众场合外，其余场合适用性低，主要原因：一是耗费宝贵的水资源，“北四县”饮水安全工程的建设成本高，部分地区的

打井深度已到700米以下，水资源匮乏；二是水冲厕所增加了污染物的体积，意味着后续运维成本高；三是稳定性风险高，遇到停水、冰冻等故障，厕所难以发挥作用，卫生程度甚至比传统旱厕还差；四是需要增加保暖设施，增加成本，一些保暖设施不到位的地区会面临使用上的问题。因此，对于“北四县”而言，需要因地制宜、成本较低、生态有利的新型厕改方案。

2020年3月，中国银行无偿援建的旬邑县义井小学彩虹校厕正式投入使用，为师生提供了干净卫生的如厕环境

2020 年 5 月，中国银行为旬邑县 21 所乡镇学校无偿援建的泡沫封堵式环保厕所投入运营，为 2300 多名师生提供干净卫生的如厕环境

### （二）为乡村“厕改”寻找新技术、新方法

2019 年 9 月，中国银行扶贫工作队在调研咸阳“北四县”定点扶贫工作时，陆续收到旬邑县户厕、校厕、村厕改造需求，但厕改涉及的资金压力较大，希望中国银行扶贫工作队能给予支持。

扶贫队立即开展密集调研，试图找到一款最适合渭北旱塬贫困地区的厕所，先行试点后，再支持推广。经咨询世界厕所组织（World Toilet Organization，简称 WTO）、市卫健委等厕改专家，联系相关公益基金会，带领市、县、镇、村相关同志赴西安市高陵区、沣东新城实地调研考察。经过大约两个月的调研、考察、论证，自 2019 年 10 月开始，针对农户、学校（操场）、村委会三个不同的厕改主体，中国银行扶贫工作队分别在旬邑县和长武县试点了三种产品的生态无水厕所。

1.清华·朗逸生态户厕

2019年10月，中国银行扶贫工作队引进0.3万元，在冬季最为寒冷的旬邑县太村镇义井村一户贫困户家中安装……从2019年11月开始，使用情况良好，群众反映卫生、方便、环保。

2.无水环保彩虹校厕

2020 年 5 月 25 日，中国银行无偿援助 27 万元，在旬邑县太村镇义井小学试点建设（户外）无水环保彩虹校厕，6 月 15 日竣工。经过试点，目前该产品已在学校正式使用，效果良好，无异味。旁边的传统旱厕虽未拆除，但孩子们都选择使用彩虹校厕。

中国银行为乡村“厕改”寻找新技术、新方法，投资建设智能泡沫厕所

3.泡沫封堵式校厕

2020年6月初，经旬邑县教育局申请，中国银行扶贫工作队在旬邑县学校和村委会启动泡沫封堵式无水环保校厕试点。关于该产品，教育局、学校、老师、学生反响均很好，性价比高。在此基础上，7月中旬，中国银行无偿支持180万元在旬邑县21所学校（初级中学1所，小学15所，幼儿园5所）实施泡沫封堵式无水环保厕所改造项目（一期），长武县申请80万元用于村委会安装泡沫封堵式无水环保厕所；淳化县申请436万元用于全县贫困村村委会安装95所泡沫封堵式

无水环保厕所。

## （三）“厕改”的启示

厕所改造项目试点取得显著成效后，中国银行扶贫工作队经过深入思考，从项目实施中得到很大的启示。

### 1.农村生活环境改变，要善于运用新技术解决老问题

中国银行扶贫工作队立足“北四县”海拔高、冬季寒冷、常年干旱的客观条件，多方寻找、多次调研考察、多次询问专家教授，最终确定以上三种无水环保厕改产品进行户厕、校厕、村厕的试点，并通过广泛听取使用反馈，多维度对比分析，站在群众使用和政府管理的角度，客观总结撰写《关于“北四县”无水环保厕所改造的试点分析报告》，为厕所革命提供理论参考。

### 2.农村文明建设重在强化绿色、环保意识

通过改造厕所基础设施建设，改善农村卫生环境，借以加强教育引导，提升农村如厕文明素养，提升农村文明建设水平，实现绿色环保的可持续发展，促使乡村文明建设再上一个新台阶。

### 3.改善人居环境，推进健康扶贫跨上新台阶

长期以来，厕所卫生一直是农村建设的短板，传统旱厕非常容易滋生苍蝇蚊子和一些细菌，引发传染病。该项目对减少细菌传播、保卫人民健康和疫情防控发挥了重要作用，是推进健康扶贫与乡村振兴衔接的重要一环。

通过此次农村厕改，使厕所从脏乱差的一“角”变成亮丽的一“景”，厕所的“颜值”大幅提升，促进农村居民生活观念和环境意识的提升，成为物质文明和精神文明进步的标志。

### 4.因地制宜，避免“一刀切”

农村厕所改造既是一项政治任务，也是一项民生工程，在厕改过程中，既要关注使用主体关心的微观环境，又要关注使用主体不关心的整体环境影响；既要考虑前期初始投入成本，又要关注后期水费、电费以及清淘费用成本；既要关注短期使用，又要关注长期管护；还应该与就业、脱贫工作相结合，积极创造管护厕所的扶贫就业岗位等。因此，针对不同使用对象选择厕改方式时，不能简单生搬硬套城市和其他地区的模式，必须坚持因地制宜、分类指导、因户施策，宜水则水、宜旱则旱、宜微生物则微生物、宜泡沫则泡沫，最适合的就是最好的。

### 5.群众为主，政府做好讲解和引导

户厕的使用主体为群众，校厕的使用主体为学校，村厕的使用主体为村委会，使用主体不同，选择的类型也就不同。要引导使用主体选择，由政府对每种厕改试点模式进行专业评估和对比分析，将优缺点总结到位、宣传到位后，把最终选择决策权交给使用主体。在此基础上开展广泛、生动的下乡宣讲活动，让群众理解厕改与卫生健康的关系，看到厕改的好处和生活的实在变化，变“要我改”为“我要改”。要鼓励使用主体积极参与，实行差额补偿和激励措施相结合，建立“共建、共享、共维”的理念，鼓励和引导使用主体参与厕改出资、厕改施工、管理维护等整个环节，有钱的出钱，没钱的出力，共同掀起厕改潮流。

### 6.创新机制，管理和维护并重

农村厕改“三分建、七分管”，只有把农村厕所建好了、改好了、管好了、用好了，才能取得“厕所革命”的全面胜利。一要坚持建管并重，重视后期运维管护，做好厕改与农村生活污水治理有机衔接，二要建立故障处理机制。科学技术日新月异，厕改产品属新鲜事物，应在厕位内显著位置张贴注意事项或者维修电话或配备“报警铃”等小设备，减少

中国银行援建的旬邑希望小学

因使用不当造成的设备故障率，并对使用对象的管护人员进行技术培训和指导，建立长效管护机制。

## 三、百年树人，从扶贫到振兴的新征程

中国银行坚持引资引智相结合，用心用情、加大投入、多措并举，牵手帮扶“北四县”贫困师生，精准实施六大援助项目，为咸阳教育脱贫攻坚添砖加瓦，奉献力量，成效卓著。

### （一）百年树人，解决贫困地区师生的燃眉之急

咸阳“北四县”是贫困县，教师匮乏、低工资，家庭经济困难的老师生不起病、学生上不起学的情况时有发生，针对这种情况，中国银行对老师和学生进行帮扶，建立了多个基金，推出“彩虹桥”计划，融合社会力量捐资助教。

由中银香港慈善基金等慈善机构、爱心人士共同出资港币2000万元，设立“咸阳市助学奖教基金”，每年拿出本金及利润120万元，用于资助“北四县”在校孤儿、残疾学生，每位学生2000元；资助长期扎根在乡村教育一线的优秀教师，每位教师5000元；资助旬邑、淳化两县的贫困大学新生，每位学生3000元。该项目于2017年9月实施以来，共资助孤儿、残疾学生600人，贫困大学新生34人，教师120人，极大激发了“北四县”贫困师生学习和工作热情，增强了他们实现自我价值和人生梦想的内生动力。

中国银行“国泰基金红蜡烛”扶贫捐赠项目，资助永寿、长武县九年制义务教育阶段建档立卡非寄宿制学生，小学每位学生1000元，初中每位学生1250元，共资助100人，实现了“资助一个孩子，孕育一份希望”愿景。2017年，中国银行出资约500万元，资助“北四县”义务教育阶段非寄宿制建档立卡贫困学生6724人，出资约200万元资助在校贫困

大学生1403人。扶贫济困项目，为“北四县”寒门学子解除了生活和学习上的实际困难，情暖人心，用爱点亮了他们的成才之路。2017年，中国银行三星人寿保险公司向“北四县”建档立卡贫困在校大学生及研究生捐赠2000份保险，累计总保额2亿元，用绵绵爱心践行了“爱无疆，责任在行”“保险，让生活更美好”的理念。

### （二）为贫困家庭青少年寻找职业教育的多种路径

为帮助因家庭贫困放弃读高中或职中、拟走入社会的农村贫困学生，中国银行积极联系“百年职校”“金龙鱼烹饪公益班”“希望厨房”，为“北四县”贫困学生提供免费就学机会，完成全免费、公益性的职业技能培训和再就业，助力实现“培训一人，就业一人，脱贫一户”的教育扶贫目标。

### （三）多项并举，送贫困学子到著名高校“增智”

中国银行还携手复旦大学、上海大学在“北四县”开展贫困学生招生宣讲活动，激发了考生们奋进的斗志。携手厦门大学“我知盘中餐”项目走进“北四县”，开展电商培训、平台签约和结对帮扶。携手复旦大学举办“北四县”贫困学子研学体验营，“北四县”带队老师感慨道：“‘大爱中行、

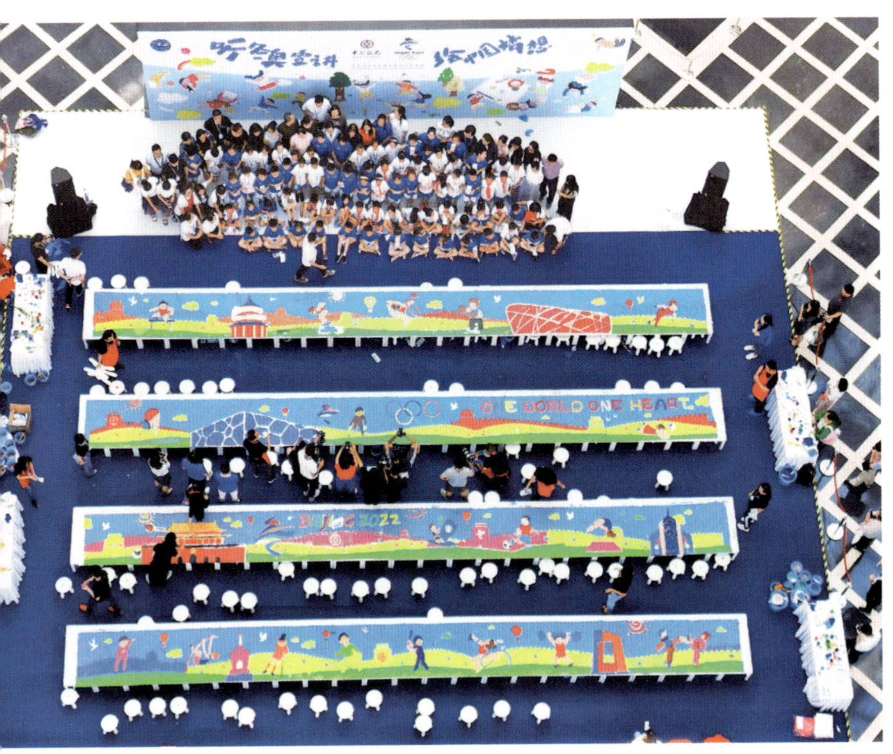

中国银行注重斩断贫穷代际传递，大力开展教育扶贫。图为在中国银行总行大厅举办“北四县”贫困儿童冬奥夏令营，贫困儿童共绘百米冬奥长卷

相悦复旦’研学夏令营让‘北四县’的孩子们看到了上海的发展与精彩，埋下梦想的种子、插上了希望的翅膀！”中国银行还携手中央音乐学院，开展“点亮学生音乐梦想，奏响精准扶贫旋律”活动，为永寿、淳化中学的合唱团引进实地专业指导。这些活动创新帮扶方式、整合帮扶资源，是“携手高校开展扶贫”模式的成功尝试。

永寿县城关小学的图书阅览室内，孩子们畅游在知识的海洋

中国银行在咸阳推进“彩虹桥”项目，从建档立卡贫困家庭甄选20名优秀在校学生，集体赴美开展为期20天的学习交流活动，参观了哈佛、麻省理工、哥伦比亚、耶鲁大学等世界名校，增长了见识，拓宽了视野，明确了为国家的政治经济、教育科技发展做贡献的目标和方向。

永寿县城关小学的课堂上，师生们亲密互动。孩子们在愉快的氛围中学习、成长

永寿县城关小学的教室内，孩子们在老师的带领下认识世界

在具有52年历史的永寿县城关小学，中国银行援助172万元建设的高标准教学楼，温暖了孩子们的心田。图为该校在2020年暑假后开学第一天举行升旗仪式

# 第六章　“北四县”扶贫——碧树金果

回顾中国银行自2016年至2020年在“北四县”的扶贫历程，累计投入无偿帮扶资金4.12亿元，实施各类扶贫项目400余个，培训基层干部和技术人员超过10万人次，帮助销售咸阳“北四县”农产品近2亿元，惠及贫困群众超过20万人，引入企业实际投资额8.4亿，带动贫困人口超3.2万人。取得如此令人瞩目的成就，离不开从集团领导到扶贫工作队在人力、物力、财力等方面的真抓实干。如果以“苹果花开”来形容中国银行扶贫打造的美好春景，秋天里的“碧树结金果”则是喜人的收获。中行人一路走来，培育了理念之树、方法之树、精神之树、未来之树，在党的阳光雨露的哺育下树树开花、树树结金果。

## 一、理念之树——冬去春来，好想法发春芽

在波澜壮阔的脱贫攻坚事业中，中国银行牢记党和人民重托，践行“金融报国”使命，汇聚集团资源，运用金融力量，帮助贫困地区发生了翻天覆地的变化，履行了国有大行的责任担当。

助力脱贫攻坚是中国银行服务国家战略的政治使命，也是履行社会责任的内在要求。2016年以来，中国银行始终坚持理论—实践—再理论—再实践循环往复，“做得好”与“讲得好”齐头并进。

中国银行完善脱贫攻坚相关制度，健全防止返贫动态监测和帮扶机制，以及坚持和完善社会力量参与帮扶的机制的同时，推动脱贫攻坚政策举措和工作体系同乡村振兴有效衔接、平稳过渡。比如，借鉴在脱贫攻坚中形成的严格考评方式，健全乡村振兴考核落实机制，发挥考核机制的激励作用；强化部门协作机制，加强行业部门之间的工作目标协同、工作措施联动。

中国银行在助力咸阳“北四县”脱贫攻坚的历程，是一次历时四年的“急行军”，也是一场胜不骄、败不馁的“持

在陕西省咸阳市“北四县”奋斗的中国银行扶贫工作队新老队员合影

2021年2月，中国银行党务工作部定点扶贫团队荣获全国脱贫攻坚先进集体称号

中国银行援建的淳化县大槐树村扶贫工厂

久战”，在保持脱贫速度稳步提升，圆满完成党和国家交托的脱贫任务的同时，也从未急于求成，而是始终坚持稳扎稳打。2020年突如其来的疫情给脱贫攻坚带来了极大的困难，打乱了许多体系成熟的部署，工作的复杂性和艰巨性急剧上升，中国银行一步一步稳扎稳打地走，用坚定的脚印在荆棘密布的泥泞道路上写下了不起的诗篇。

## 二、方法之树——春华秋实，牵手富裕

2018年6月5日发布的《中共中央国务院关于打赢脱贫攻坚战三年行动的指导意见》，明确要求党组织及党员队伍、党员干部在精准扶贫工作中应发挥战斗堡垒和先锋模范作用。因此，参与精准扶贫的单位和组织都必须抓好党建工作，以党建促扶贫，以扶贫强党建，特别是要抓好基层党建工作，这也是习近平总书记非常重视和极力倡导的事情。对于如何有效地发挥党组织和党员干部对精准扶贫的作用，党中央明确要求：要找准党的基层组织建设与精准扶贫的结合点，落实精准识别认证工作，满足精准扶贫的真实需求，注重精准管理工作，高效率、高质量地实现精准扶贫、精准脱贫。

“给钱给物，不如给个好支部。”中国银行派出大批驻村扶贫党员干部，加强贫困地区基层党组织阵地建设，带领当地党员开展组织生活，同贫困群众结对子、认亲戚，发挥党员先锋模范作用，树立起共产党员的良好形象。中国银行各级党组织同贫困村党支部结成共建对子，开展党建共建活动，共享红色资源，分享党建经验，增强了贫困地区党组织的凝聚力、战斗力，提升了当地党员干部抓党建的能力，贫困地区的党群、干群关系得到巩固发展。更重要的是，在扶贫的过程中，中国银行的党员干部思想受到教育，精神得到净化，进一步深化了对初心使命的理解。通过把工作落实到个人，为实现贫困村脱贫摘帽竭尽全力。

中国银行扶贫最主要的特点是聚焦“三产融合”。从改变村容村貌提升村民信任度开始，到以实事凝聚人心，探索出“扶心扶志”“三产融合”的好路子。在第一产业领域，大力发展规模化种养殖业；在第二产业，建立农产品深加工体系，品令瓜子扶贫工厂已建成投产，有效利用了当地的千亩花椒，同时，建立了村电商和快递服务站，探索形成了“第一书记开拓市场、包村干部维护平台、村干部组织协调、农户提供优质产品”的“四位一体”运营模式。在第三产业方面，携手凤凰卫视、京东众筹推广农产品。

借助中银集团国际化、多元化优势，中国银行广泛争取集团海内外多种扶贫资源，积极投身各类扶贫活动，推动产业扶贫、消费扶贫、就业扶贫、金融扶贫等领域多点开花，结出了累累硕果。

## 三、精神之树——天道酬勤，累累硕果

消除贫困是构建人类命运共同体的重要议题，而贫困是多种因素作用下的产物，具有历史性、多维性、顽固性等特征。贫困问题是一个不可逃避的社会问题，尤其在中国落后的农村地区。2020年，经过几代人的接续奋斗，我国全面建成小康社会，绝对贫困已经消除，2021年，中国的脱贫工作已经结束，进入调整农村产业振兴政策的新阶段，中国银行支持农村经济发展面临更多新任务和新挑战。

面对咸阳“北四县”还处在多维贫困状态或者极易返贫状态的现状，教育扶贫是消解贫困的有效方法，也是阻断贫困代际传递、拔除穷根的治本之策，党中央和国务院也将教育列为扶贫开发战略、精准脱贫方略的优先任务和保障。

“造血式”扶贫的教育扶贫，是阻断贫困代际传递的根本措施。对于那些伟大的、无私奉献贫困地区的教育人来说，他们深切地懂得“知识改变命运”的道理。于是，他们

用脚步丈量崎岖坎坷的道路，将知识带到贫困地区的学龄孩子心中，确保“一个都不能少”，让每寸土地都孕育希望，让更多贫困家庭感受到孩子有出息、生活有希望、未来有奔头，激发脱贫致富的精气神。扶贫先扶志，扶贫必扶智。对于这些贫困地区的教师来说，他们懂得科技、产业之于贫困家庭的重要性，通过他们日积月累地宣传与耳濡目染的影响，能够为稳定脱贫找到“支点”，促进贫困人口较快增收达标、巩固长期脱贫成果。赤子其人，寸心如丹。一批批教育人把对祖国和人民的热爱，把教育的责任与温度，书写在祖国大地上，也留驻在贫困地区群众的心中。

中国银行用医疗扶贫，构筑健康保护屏障。“没有全民健康，就没有全面小康”，健康扶贫是打赢脱贫攻坚战的关键举措。健康是人民的普遍追求，关系着人民的幸福和国家的未来。在以习近平同志为核心的党中央坚强领导下，我国脱贫攻坚战取得了全面胜利，其中健康扶贫“成绩单”令人瞩目：公共卫生防线更加牢固；百姓看病就医方便可及；药品费用负担进一步减轻；基本医疗保障网覆盖全民；居民健康水平稳步提升；人均预期寿命逐步提高。这些成绩，为全面建成小康社会、实现中华民族伟大复兴的中国梦奠定了坚实的健康基石。

人们常把健康比作“1”，事业、家庭、名誉、财富等就是“1”后面的“0”，人生圆满全系于“1”的稳固，这正是健康中国的概念。民之所望，政之所为。全国卫生与健康大会分量重、新意浓，习近平总书记在会上提出“要把人民健康放在优先发展的战略地位”，顺应民众关切，对“健康中国”建设作出全面部署，凸显出中国共产党“坚持人民主体地位”的执政本色。“民”是秉持施政所向、心系于民，呼应习近平总书记七一重要讲话精神：“坚持不忘初心、继续前进，就要坚信党的根基在人民、党的力量在人民，坚持一切为了人民、一切依靠人民，充分发挥广大人民群众积极性、主动性、创造性，不断把为人民造福事业推向前进。”正如国务院扶贫办副主任洪天云所说，扶贫要牵“牛鼻子”，满足贫困人口对美好生活迫切需要，脱贫后拥有更加健康美好的生活。

就业是民生之本，是最大的民生，使得劳动力与生产资料相结合，生产出社会所需要的物质财富和精神财富，是缓解贫富差距，大面积地消除贫困现象的有效途径，是人们进入正常的社会生活环境所不可缺少的必要条件，劳动者通过就业取得报酬，从而获得生活来源，有利于其实现自身社会价值，促进人的全面发展。

任何时候，就业都是稳定民生的重要举措。一直以来，“就业”都是政府工作报告中出现频次极高的词，在2020年的特殊情况下，稳就业更是保民生的关键之举，2020年政府工作报告中出现频率最多的一个词，就是“就业”，可见

“稳就业”是2020年经济工作的重中之重。

就业是扶贫中不可忽略的重要部分，无论是什么地方的扶贫，就业都应该被放到极端重要的位置认真对待。应该把就业当作扶贫的关键一招，科学谋划贫困群众就业之策，想方设法找路子、搭台子，努力拓宽贫困群众就业渠道。

从2017年起，连续四年由中银商务公司专场招聘录用“北四县”153名贫困大学生。2018年，开展贫困大学生专项招聘，招聘录用全国贫困大学生291人，其中录取咸阳“北四县”贫困家庭大学生27人；中银富登村镇银行招聘咸阳“北四县”员工120名，帮助解决就业问题；携手百年职校招收贫困学生29人，免费进行口腔护理、酒店管理等培训，两年后学校推荐就业。2020年，支持饮水安全、电商分拣中心、冷链建设等产业项目配套工程带动群众就近就业；培训日常路灯、厕所技术维护人员；联系苏州营财保安服务股份有限公司，长期持续招聘轨道交通安检人员。

## 四、未来之树——乡村振兴，可持续发展

为了实现全面建成小康社会，党和政府、基层组织在扶贫道路上付出很多的努力，随着扶贫项目的实施，各地区贫

永寿县渠子镇张贺村旧貌换新颜

困县贫困发生率明显降低，脱贫攻坚成效卓著。各地“两不愁、三保障”得到有效的解决，贫困群众收入水平大幅度提高，建档立卡贫困户实现清零，贫困群众的生活质量有了很大的提升。回顾脱贫攻坚期，各级政府始终坚持把脱贫攻坚当作重大的政治任务和第一民生工程来抓，各级党员干部以强烈的使命担当，不折不扣地落实好扶贫各项政策，保障贫困户的稳定增收。中国扶贫的决心是巨大的，全国脱贫这样的举措也是其他国家不敢想象的，更是无法做到的，是足以载入史册的。中国是以人民为主的国家，党的宗旨是为人民服务，党和国家心系人民，有着集中力量办大事的能力，举全国之力，投入了大量的人力和物力资源进入到扶贫工作中，满足人民对于美好生活的向往，完成了脱贫攻坚的伟大事业。

2021年2月25日，习近平总书记在全国脱贫攻坚总结表彰大会上，向全世界庄严宣告："经过全党全国各族人民共同努力，在迎来中国共产党成立一百周年的重要时刻，我国脱贫攻坚战取得了全面胜利。"中国人民用震惊全世界的中国速度，创造了又一个非凡的中国奇迹！

乡村振兴是实现中华民族伟大复兴的一项重大任务，其深度、广度、难度都不亚于脱贫攻坚。中国银行要再接再厉、接续奋斗，继续以攻坚的精神、务实的工作，扎实做好支持乡村振兴各项工作。要持续深入学习习近平总书记关于乡村振兴的重要讲话精神，跟进掌握中央决策部署，明确努力方向，切实用以指导实践、推动工作。要做好脱贫攻坚同乡村振兴的有效衔接，落实过渡期各项要求，做到"扶上马、送一程"，保持帮扶政策总体稳定，让脱贫基础更加稳固。要及时研究出台中国银行关于乡村振兴的有关政策，根据形势任务发展，科学制定今后的具体帮扶举措。要持续加大对脱贫地区的金融支持力度，聚焦脱贫地区产业发展，提供更加丰富的资金支持和金融服务，提升贫困地区内生可持续发展能力。要继续调动各方力量支持乡村振兴，鼓励全行员工继续踊跃参与帮扶工作，进一步扩大消费扶贫规模。要抓住乡村振兴重大机遇促进业务发展，把广大乡村地区变成经营发展的“蓝海”，在支持乡村振兴中实现集团与乡村地区的共赢发展。要持续提升乡村地区基层党建和社会治理水平，发挥驻村党员干部作用，帮助乡村地区强化基层党组织建设，积极参与基层治理。同时，要把帮扶点建成党性教育基地，让更多干部员工在参与帮扶工作中提高党性修养、坚定理想信念。要面向全球讲好中国扶贫故事，服务国家“走出去”战略，分享我国扶贫减贫的成功经验，展现我国作为负责任大国的形象和担当。

旬邑县新貌

# 后　记

在咸阳“北四县”，干部群众提到中国银行扶贫，都会竖起大拇指说：“实!”

世界的专家则说：“中国银行的‘北四县’扶贫实践，不仅传递着暖流和爱心，更可贵的是，散发着科学认识、科学谋划、科学实践的理性光辉。”

到咸阳调研中国银行扶贫的同行，都不约而同用一个词来形容他们的感受：“震撼!”

在推选全国脱贫攻坚先进集体时，咸阳干部群众齐刷刷地首推中国银行，把中国银行扶贫工作队推上了2021年2月25日在人民大会堂举行的“全国脱贫攻坚表彰大会”领奖台。

在中央单位定点扶贫考核中，中国银行多年来不落一次取得不错的战绩，不是一件容易的事。

中国银行是怎么做到的呢？在履行政治责任和社会责任的过程中，他们科学地运用了经济学思维，既着力于贫困地区全要素生产率的提升，又着力于自身扶贫工作全要素生产率的提升，并用后者带动前者。

**认识到位。**认识到位是做好一切工作的前提，也是扶贫工作本身全要素生产率提升的前提。中国银行将“为人民谋福利和巩固党在基层执政基础”的政治目标与“供需匹配”“要素配置”的经济学思维相结合；他们用经济学分析，搞清楚扶贫的5W1H（扶贫是什么What、为什么扶贫Why，扶贫扶谁Who、扶贫的阶段When、在哪里扶贫Where、扶贫怎么做How），将扶贫与公益区别开，用科学和敬畏的态度对待这项“统揽全局”的事业；他们用经济学方法分析当地减贫的要素禀赋和实现路径，将重点放在助推“全要素生产率”增长上。

**思想统一。**不是一个人几个人认识到位，而是所有人统一思想，在思考中统一思想，在讨论中统一思想，在实践中统一思想；不是一个层面、一锤子买卖地统一思想，而是不断地、动态地、全面地统一思想。这对任何一个组织来讲都很难，但是中国银行扶贫工作队做到了，中国银行做到了。

**定位准确。**中国银行扶贫紧盯“两方合力”，将定点扶贫工作定位于“有效的补充”和“有益的探索”。“有效的补充”强调互补性，坚决避免经济学和财政学上的“挤出”效应。“有益的探索”强调创新性，突出准确把握中央精神、掌握先进理念、接近高端资源的优势，先行先试、开拓创新，在方式方法上不断探索和引领。中国银行、咸阳市委市政府双方的合力建立在有效沟通和目标一致的基础上。双方分别成立了“中国银行定点扶贫工作领导小组”和“咸阳市中行扶贫工作协调小组”，及时实现上下、左右的有效衔接。中国银行引进正大项目，咸阳市政府出资成立农投公司，共同解决融资难题；中国银行搞“公益中行”，咸阳市、县两级成立领导小组，市委市政府领导召集全部县区召开推进大会，“北四县”出台具体措施支持项目运营；中国银行在“北四县”设立中银富登村镇银行，咸阳市委市政府通知相关各县铺底财政资金和扶贫资金存款。“剃头担子”一头热，事情是办不好的，必须两边都要热起来，动起来。

**思路科学。**贫困，既有物质上的贫，又有理念机制、生产生活方式、经济社会治理能力方面的困。扶贫，不能简单与农业农村工作画等号，不能与公益慈善事业画等号，更不能与贷款投资画等号。定点帮扶，既要重视真金白银的物质投入，更要重视焕发帮扶对象的精神力量，留下好的办法机制和创新理念。中国银行扶贫紧盯“人”这个最具活力的要素，以人为目标，以人为本，着力提升群众脱贫的动力和能力。在这个思路的指导下，中国银行扶贫把“发展”放在首位，紧盯“质效”这个终极目标。每年上亿元无偿资金的投入虽然不少，但中国银行最看重的是资源的有效利用。不单纯依赖要素净投入的增长，不靠“砸钱”，中国银行在陕西咸阳四个国定贫困县，围绕着精准度、创新力、持续性、绣花功，着实下了一番苦功夫。所谓精准度，就是在实施项目时注重因时、因地、因人制宜。所谓创新力，就是面对最难啃的硬骨头，旧的方法解决不了，必须在一个个“第一次”中大胆探索。所谓持续性，就是持续推动、深耕长远、久久为功。所谓绣花功，就是在项目谋划和统筹管理上下功夫，用投行思维整合资源，不断提升资源的使用效率，达到“1+1>2”的效果。

**组织有效。**一方面，通过领导小组、扶贫办、扶贫队的条线传导，通过市、县、村三级队员的派驻，实现“一插到底”的高效组织架构；另一方面，中国银行高度重视扶贫干部队伍建设，制定了《关于加强扶贫干部激励和管理的若干措施》，通过选派精兵强将、注重激励培养、加强导向管理、挖掘队员潜能、充分发挥所长等机制，不断打造一支迸发干事激情、凝聚创业合力的扶贫队伍。这支队伍在脱贫攻坚一线“经风雨、见世面、长本事”，团结拼搏，敬业专业，在帮扶群众的同时也锤炼了自我，艰苦奋斗，永不言败，在攻坚担当中体会乐趣，在干事创业中得到成长，“扶人”并且“扶己”，在帮扶人和被帮扶人之间形成正反馈循环。一位咸阳的基层干部曾说过：中国银行来了一支价值“四千万”的队伍。他们：

面对“千头万绪的工作”不急不躁

面对“千丝万缕的关系”不卑不亢

面对“千家万户的福祉”不忘初心

面对“千秋万代的工程”牢记使命

就这样，在波澜壮阔的脱贫攻坚事业中，中国银行党委牢记党和人民重托，践行“金融报国”使命，用六个“全”，努力将“责任田”打造成“示范田”，那就是——亮出“全”部家底、汇聚“全”行力量、实施“全”程监督、敢于“全”面创新、群众“全”面受益、干部“全”面成长。

在这个过程中，中国银行扶贫人在广袤壮丽的渭北旱塬，用汗水和智慧书写了一本严谨、务实、创新的“经济学笔记”!

全面乡村振兴的号角已经吹响，中行人将继续用“金融报国”的责任与担当种好定点帮扶的苹果树，用力培土、用爱套袋、用理性的光辉杀虫、用专业和科学的养料滴灌……将这棵乡村振兴的“苹果树”培育得枝繁叶茂、硕果累累！